고양이

욘 집사

욘 사람

<고양이 옆 집사 옆 사람>을 기획하며

"나만 없어, 고양이. 나 빼고 다들 고양이 있어."
저는 이런 생각이 그렇게 썩 달갑지만은 않습니다.
다들 고양이를 키우면 '나도 한 마리 키울까' 하는 마음이
쉬이 들기 마련이거든요. 충분한 이해와 책임감이 없는
상태에서 단순한 호기심이나 욕심으로 고양이를 키우기
시작하면 곧 현실을 깨닫게 될 겁니다. SNS 사진이나
유튜브에서 관람하는 것과 실제로 같이 사는 삶은 전혀
다르다는 것을요!

제가 바로 그런 집사입니다. 잘 모르고 고양이를 모셨다가
고생과 극복 그리고 또 고생을 반복한 지 3년 차. 인터넷에서
본 고양이는 개처럼 매달리지 않고 독립심이 강하며, 깨끗하여
자기가 스스로 그루밍을 하고, 살금살금 있는 듯 없는 듯
지냈거든요. 저는 그런 모습만 보았거든요. 그래서 고양이는
다 그런 줄로만 알았어요.

하지만 너무나 당연하게도 고양이는 움직이는 인형이
아니에요. 도도한 듯하면서 외로움도 타고, 불만이 생기면
아무 데나 용변 실수 또는 테러도 합니다. 고양이가 할퀴기만
한다고 생각하는데 무는 고양이도 참 많고, 고양이용품에
들어가는 비용도 만만치 않습니다.

<고양이 옆 집사 옆 사람>을 통해 조금은 객관적으로
고양이를 이야기하고 싶었습니다. 부모들이 우리 아기
예쁜 순간만 SNS에 올리듯이 집사도 그런 경향이 있거든요.
그래서 내 새끼의 치부조차 사랑하는 혹은 사랑하려고

애쓰는 집사들보다 그들 곁에서 함께하는 사람들의 이야기를 들어보았습니다. 집사의 기준으로는 충성도나 애정이 아직 부족할 수 있지만, 미우나 고우나 고양이의 영향권 안에서 같이 살아가는 사람들 말이에요. 10명의 사례를 통해 이전까지 터놓고 말할 기회가 없었던 고양이와의 실제 삶에서 느끼는 애환을 담아보았습니다. 더불어 '-카더라'가 무성한 고양이계 가십들 가운데 열혈 집사들이 공부하고 실천하며 검증한 다양한 정보를 "집사의 팁"으로 정리해 전합니다.

고양이는 정말 귀엽고 사랑스럽습니다. 하지만 그 단편적인 모습만 보고 쉽게 고양이를 반려하고, 또 사정이 여의치 않다는 이유로 쉽게 버리지 않았으면 좋겠습니다. 결국 <고양이 옆 집사 옆 사람>은 고양이를 반려하지 않는 사람, 고양이에 대한 이해가 부족한 사람, 고양이를 반려하기 전 주변에서 어떤 반응을 보일지 감이 없는 사람, 고양이에게 관심이 없던 사람 등 고양이와 관련하여 무언가 '없는' 분들을 위해 만든 책입니다. 고양이든 강아지든, 그 어떤 반려동물도 가족의 일원이고 소중한 생명이라는 점을 잊지 말고 반려를 결정했으면 좋겠습니다.

2018.10 권효진

<고양이 옆 집사 옆 사람>을 기획하며

고양이 옆 집사 옆 사람

아내의 고양이가

돌아왔다.

김봉상

고양이를 유기하는 주된 이유 중 하나가 결혼이라고 합니다. 실제로 결혼 후 배우자가 고양이를 싫어해서 새로운 주인을 찾는다는 이야기도 심심찮게 들리죠. 둘이 만나 새로운 가족을 이룰 때처럼 고양이와도 그만한 충분한 합의 혹은 연습이 필요합니다. 고양이에게도 적응할 시간이 필요하고요.

고양이 '보라'의 집사는 결혼으로 본가를 떠날 때 보라가 익숙하게 오랫동안 살아온 집에서 사는 편이 좋겠다고 생각했습니다. 하지만 예상치 못하게 친정아버지에게 심각한 고양이 알레르기가 뒤늦게 나타났고 보라의 거처를 옮겨야만 하는 상황이 되었죠. 이때 넓은 마음으로 아내의 고양이를 받아들여 보라의 집사 옆 사람을 자처한 김봉상 님을 소개합니다.

자기소개를 부탁합니다.

집사의 남편이자 고양이와의 삶 2년 차에 접어든
김봉상입니다. 현재 7살짜리 샴고양이 '보라'와 함께
살고 있어요. 저는 사실 살면서 한 번도 동물을
반려해본 적이 없었어요. 그러다 처음으로 같이 살게 된
동물이 바로 보라에요. 많이들 지레짐작하듯 고양이는
어쩐지 좀 무섭다고 막연히 두려워하고 있었는데,
보라와 지내다 보니까 고양이야말로 세상에서 가장
귀여운 종족이 아닐까 생각하게 되었어요.

함께 사는 고양이를 소개해주세요 😺

보라는 아내가 미혼 시절부터 키우던 고양이에요.
2012년 6월 10일에 태어났고, 일산에서 가정 분양으로
데려왔대요. 가정 분양이란 펫샵 등을 통해 사는 게
아니라 집에서 반려동물이 새끼를 낳았을 때 직접
분양받는 경우를 뜻해요. 펫샵에서는 새끼 고양이의
부모를 볼 수 없어서 어떤 환경에서 태어났고,
건강은 어떠한지 등을 알 수 없다는 단점이 있잖아요.
가정 분양도 때에 따라 분양 비용이 들어가기는
하지만, 어떤 부모에게서 어디서 어떻게
태어났는지를 알 수 있다는 점이 장점 같아요.
보라의 어미 고양이는 새끼를 4마리
낳았는데요, 다른 형제들 이름은 뚜비,
나나, 뽀였다고 해요. 이름에서
알 수 있듯이 보라는 보라돌이의
줄임말이에요. 텔레토비 4남매의
맏이였나 봐요.

보라는 어떤 계기로 반려하게 되었나요?

결혼한 지 얼마 안 되었을 때는 보라와 함께 살지
않았어요. 처가에서 잘 키워주실 줄 알았는데
장인어른의 고양이 알레르기가 갑자기 너무 심해졌어요.
그래서 보라를 다른 곳으로 보내신다고 통보하셨죠.
아내가 너무나 속상해하는 모습을 보니까 저도
마음이 안 좋았어요. 비록 반려동물을 키워본 적은
없었지만, 이것도 하늘이 주신 인연이겠거니 생각하고
데려왔답니다.

고양이는 영역 동물이라더니 새로운 환경이 낯설어서
그랬나 적응하는 데 시간이 좀 걸렸어요. 처음 보는
인간인 저를 무척 경계했는데 어느 순간 마음을 열게 한
마성의 간식이 있었으니 바로 '츄르'입니다. 보라는
츄르 종류의 간식을 정말 좋아해요. 특히 챠오 츄르는
일명 고양이 마약으로 불리는데, 그 어떤 고양이도
챠오 츄르를 거부하지 않아서예요. 이와 흡사한 스틱
형태의 짜 먹이는 간식 종류를 츄르라고 일반 명사로도
부르고요. 인간이여, 츄르를 짜라! 그러면 고양이의
마음이 열릴 것이다! 😊

주 집사는 누구인가요? 🎖

당연히 7년의 세월을 함께한 아내예요. 아내는 제가
보라와 좀 더 친해져야 한다는 이유만으로 자꾸 일을
줍니다. 당신도 보라랑 친해지려면 밥을 줘야 한다,
똥을 치워야 한다, 물을 줘야 한다 등등. 그러면서 정작
본인은 인터넷으로 사랑을 주는 게으른 집사예요.

아내의 주된 역할은 사료, 모래, 캣타워 등 용품 구매인 것 같네요. 주로 손가락과 입으로만 일하고 실질적인 일은 제가 다 하고 있다고요 ☹️ 보라는 저런 인간이 뭐가 좋은지 아직도 저보다 아내가 먼저예요. 저랑 아내가 나란히 소파에 앉아있으면 꼭 아내에게만 안기더라고요. 그놈의 정이 뭔지, 원. 나에게도 와달라고, 서운하단 말이야. 보라야, 와줘라!

고양이 옆 집사 옆 사람으로서, 어떤 역할을 담당하고 있나요?

저는 츄르와 간식을 전담하고 있습니다. 집사를 '캔따개' 혹은 '츄르짜개'라고 부르던데 이 역할 덕분에 저도 나름 작은 집사의 반열에 들지 않았나 싶습니다. 우리 집에는 '츄르송'이라는 노래가 있어요. '빰빠라밤밤빰 빰빠라빰 🎵' 하는 군대 나팔 소리 있죠? 츄르를 짜서 줄 때마다 이 노래를 부르다 보니 학습된 것 같아요. '파블로프의 개' 실험에서 벨을 울리면 먹이를 주든 아니든 개가 침을 흘리는 것처럼, 보라도 이 노래만 부르면 난리가 나요. 동공은 확장되고 움직이던 꼬리를 멈추죠. 그리고 마구 달려옵니다. 어쩌다 이 노래가 TV에 나온 적이 있었는데 그때 보라의 반응이 너무 웃겼어요. 우리는 간식을 줄 생각이 없었는데, 왜 츄르를 안 주냐며 기다리던 표정을 잊을 수가 없어요.

보라는 보면 볼수록 정도 많고 사랑도 많은 아이예요. 궁둥이를 저에게 붙이고 앉아 있는 걸 좋아하고 제가 누워 있으면 가슴 위로 올라와서 마구 뽀뽀하고 고개를 들이밀기도 해요. 그럴 때면 뭐랄까 마음이 살살 녹아요. 고양이 나이로 7살이면 사람으로 생각했을 때 중년에 접어든 셈인데도 아직도 이렇게 귀여운 짓을 해요.
참, 그리고 아내가 그러는데 제가 집에 늦게 들어오는
날이면 엘리베이터 소리가 날 때마다 혹시 저인가
싶어서 문가에 앉아 기다리고 있대요. 보라는 어쩌면
천재일지도 모르겠어요.

고양이와 함께 살아서 좋은 점 또는 어려운 점은 무엇일지 궁금해요.

아직 신혼이라 그런지 집에 혼자 있으면 외로울 때가
잦아요. 특히 요즘은 아내가 토요일마다 근무해서
쓸쓸하게 집을 지키고 있거든요. 매번 보라가 저의
좋은 하우스메이트가 되어주지요. 보라가 낯가림이
심해서 그렇지 친해지고 나면 마음을 활짝 여는 편인 것
같더라고요. 먼저 다가와서 애교 부리고 몸을 비비니까
제가 사랑받는다는 느낌이 들어요. 사랑받는다는 것은
정말 기분 좋은 일이잖아요. 그리고 한번은
부부싸움까지는 아닌데 아내와 제가 격양된 목소리로
이야기하고 있었어요. 그때 보라가 가운데로 살며시
끼어들어 저랑 아내를 한 번씩 번갈아 보더라고요.
마치 '너희 그만 좀 싸워라'라고 말하는 것 같았죠.
그걸 보고 둘 다 웃음을 참다가 결국 터져서 엉겁결에
화해한 기억이 나네요.

고양이 옆 집사 옆 사람의 한 마디-

고양이는 정말 사랑받기 위해 태어난 동물 같아요.
연애 시절에 아내가 통화할 때마다 보라가 귀엽다고
했는데 솔직히 '그깟 고양이가 귀여우면 뭐 얼마나
귀엽겠어'라고 생각했거든요. 그런데 같이 살아보니 정말

행동거지 하나하나 귀엽고 사랑스러워요. 보라에게만
한정된 이야기일 수도 있지만요 😊

처음에 만났을 때 괜찮길래 저는 고양이 알레르기가
없는 사람이구나 생각했는데 아닌가 봐요. 요즘에는
천식 기미도 좀 보이고, 얼마 전에는 여름에 더울 것 같아
털을 밀어주는데 제 몸에 막 두드러기가 나더라고요.
알레르기가 서서히 나타날 수도 있다더니 그런 건가 봐요.

그럼에도 저는 보라와 계속 함께하고 싶어요. 어떻게
가족을 버릴 수 있겠어요. 보라는 이미 제 삶의 일부가
되었어요. 소파에 아내가 보라랑 함께 있는 모습을
볼 때면 내가 조금 불편해도 저들을 위해 사는 삶도
나쁘지 않겠다는 생각을 해요. 팔불출처럼 들릴 수
있겠지만, 둘 다 너무 귀여워요, 소곤소곤.

'보라'의 주 집사 강상진 님의 팁! ⊗

1. 연애 시절부터, 결혼 전부터, 고양이의 장점을 이야기하자.

—

가랑비에 옷 젖는 줄 모른다는 말처럼 고양이가 얼마나 사랑스러운지를
미리미리 충분히 어필해두세요. 내가 소중하게 여기는 존재라는 걸 상대방이
느낀다면, 결혼 후에도 같이 사는 것에 대해 아주 신중하게 고민할 거예요.
단, 너무 과도한 냥덕후의 모습을 보이면 부담스러워할 수도 있으니 주의!

2. 결혼 후 처음 고양이를 집으로 데려올 때 유의하세요.

—

인간도 동물도 잠깐만 만나는 관찰자 입장이라면 다 귀엽고 사랑스럽습니다.
그러나 온종일 한 공간에서 지내다 보면 분명 싫거나 불편한 점이 생기기
마련이죠. 그에 대해 두 사람이 사전에 충분한 대화를 나누길 바라요. 또한,
기선 제압을 한다는 이유로 처음부터 고양이를 지배하려고 하지 않았으면
해요. 개처럼 충성심을 온몸으로 표현하지는 않아도, 친구가 되면 끝장나는
의리를 보여주는 동물이 바로 고양이니까요.

만약, 당신이 결혼을 앞두고 있다면?
고양이를 반려하는 결혼 예정자라면 서로를 이해할 수 있도록 이렇게 한번 해보세요.

3. 집사 옆 사람도 집사로 입문할 수 있도록 역할을 주세요.

—

고양이를 데려온 집사가 책임지려는 강박으로 모든 것을 다 하려고 하지 마세요. 남편은 약간 불평했지만, 저는 제가 집사 역할을 나눠주어 보라와 금세 친해지고 정들었다고 생각해요. 제가 실천했던 몇 가지 방법을 공유할게요.

먼저 고양이는 츄르 주는 사람을 좋아하니까 규칙적인 시간에 주도록 했어요. 누구든 맛있는 거 주는 사람이 최고니까요. 초롱초롱한 눈빛으로 간식을 받아먹는 고양이를 보면 사랑하지 않을 수 없을 겁니다.

또 어미가 새끼를 핥아 그루밍 해주듯이 빗질을 해주세요. 고양이 전용 돼지털 솔로 빗어 주니까 마치 어미 고양이의 보살핌을 받는 듯 편안해하더라고요. 빠지는 털을 모을 수 있을 정도까지는 아니지만, 그루밍 욕구 불만을 없애는 효과는 확실해요! 저희는 독일 브랜드의 제품을 사용하는데요, 꼭 이 브랜드의 솔이 아니더라도 마트의 구둣솔 파는 곳에 있는 돼지털 솔을 사용해도 돼요. 가격도 저렴하니 한번 사보세요. 제가 경험으로 그 효과를 검증했습니다.

마지막으로 고양이가 울면 밥그릇, 화장실을 살펴보라고 했어요. 고양이도 무언가 바라는 것이 있을 때 이야기하거든요. 그렇게 천천히 관찰하고 조금씩 다가가다 보면 어색하던 옆 사람도 어느새 집사의 반열에 들어서게 될 겁니다. 제 남편처럼요.

고양이 옆 집사 옆 사람

엄마가

　　　　저보다 고양이를 더

좋아하는 것
같아요.

조병현　　　　　　　　　　

고양이를 가족처럼 대하는 것을 이해하지 못하는
사람들도 있습니다. 왜 그렇게 유난을 떠냐며
비난받을 때도 있습니다. 사실 모두가 처음부터
그런 애틋함을 가지고 고양이를 반려하기
시작하는 건 아닙니다. 같이 살면서 그런 마음이
서서히 자라나는 거죠.

형제가 없으니 반려동물이라도 키우고 싶다는
조병현 님의 소망에 맞게 된 고양이와의 인연.
처음에는 가족들의 반대도 있었지만,
엄마 김진영 님은 아프고 사연 있는 고양이들을
정성껏 돌보는 과정에서 고양이들과 사랑에 빠졌고
자연스레 주 집사로 등극하게 되었어요.

엄마의 사랑을 이제는 고양이들에게 빼앗긴 것 같아
조금 서운하지만, 그래도 동생들이 생겨서
또한 갱년기였던 엄마에게 기쁨이 되어주어서
고양이들이 고맙다고 이야기하는 집사 옆 사람
조병현 님을 만났습니다.

자기소개를 부탁합니다.

어머니 말씀으로는 저를 어렵게 가지셨대요. 그야말로
금지옥엽 외아들로 자라 어느새 고등학교 2학년이 된
조병현입니다. 16년간의 기나긴 외동 생활을 청산하고,
지금은 뱅갈 고양이 '달이' 그리고 입양한 길고양이
'태양이'와 형제로 지내고 있어요. 달이는 2016년
9월 11일에 태어났고요, 태양이는 2018년 3월생으로
추정하고 있습니다. 다 함께 동고동락하고 있어요.

함께 사는 고양이를 소개해주세요 😺

첫째 동생 달이는 펫샵에서 사 왔어요. 우리 식구들은
반려동물을 펫샵에서 사와야 하는 줄로 알았거든요.
발라당 누워 자는 모습을 보고, 한눈에 반해 데리고
왔지요. 데려오던 차 안에서 창밖을 보니 해가 지고 달이
뜨고 있어서 제가 달이라고 지어주었어요. 둘째 동생은
태양이에요. 달이를 데리고 온 후에 엄마가 자연스럽게
고양이에 관심을 두고 공부하기 시작하셨어요. 펫샵에서
파는 고양이들은 고양이 공장에서 마구 교배해서 생겨난
아이들이란 걸 나중에 알게 되셨죠. 엄마께서 펫샵에서
반려동물을 사면 고양이 공장이 없어지지 않는다면서
언젠가 둘째를 들인다면 사지 말고 입양하자고
말씀하셨어요. 그러다 2018년 3월에 구조된 새끼
길고양이 태양이가 운명처럼 우리 집에 오게 되었어요.

고양이는 어떤 계기로 반려하게 되었나요?

저는 외동으로 자라서 그런지 늘 형제가 있는 친구들이

엄마가 저보다 고양이를 더 좋아하는 것 같아요.

부러웠어요. 그런데 엄마 건강이 안 좋으셔서 동생보다는 반려동물이 있었으면 좋겠다고 생각했지요. 제가 어렸을 때 개한테 물릴 뻔했던 적이 있어서 개는 무서웠고, '장화 신은 고양이'에 나오는 치즈색 고양이를 보면서 만일 반려동물을 들인다면 고양이가 좋겠다는 생각이 들어 부모님께 말씀드렸어요. 그런데 아빠는 어릴 때 고양이가 할퀴었던 경험 때문에 차라리 강아지를 키우자며 고양이는 반대하셨어요. 엄마도 고양이에 대해서는 전혀 모른다며 아빠와 같이 반대하셨고요. 처음 고양이를 키우자고 한 장본인은 저이지만, 지금은 엄마가 고양이들을 더욱 끔찍하게 아끼세요. 자식 사랑이 남다르신 줄은 진작 알고 있었지만 엄마가 이렇게 저보다 달이와 태양이를 더 챙기고 사랑하실 줄은 미처 몰랐습니다 ☹

그럼 주 집사는 어머니라 할 수 있을까요? 😺

아무래도 그렇죠. 저는 곧 수험생이라 요새 고양이들을 자주 못 보거든요. 그나마 볼 수 있는 시간에는 고양이들이 자고 있고요. 엄마는 집사보다는 고양이들의 엄마라는 생각으로 특히 먹을 것에 신경을 많이 쓰시는 것 같아요. 저한테 유기농 재료로 요리해주시거나 홈메이드 간식 같은 걸 해주신 적이 없어요. 보통 온라인으로 식자재를 주문하시고, 반조리 식품을 데워주시는 경우가 잦아요. 그런데 고양이들에게는 다르시더라고요. 달이와 태양이 둘 다 비릿한 음식은 싫어해서 먹을 것을 고를 때만큼은 굉장히 신중한 모습을 보이세요. 소고기와 유제품은 달이에게 소화 장애를 일으켜서 아무거나 주면 엄마한테 혼나요.

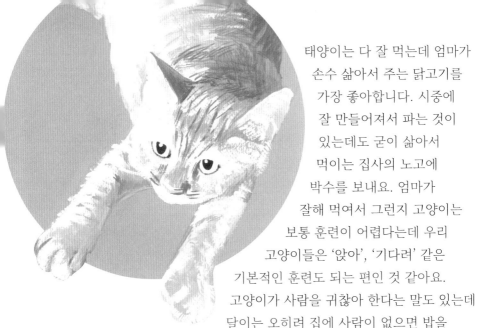

태양이는 다 잘 먹는데 엄마가 손수 삶아서 주는 닭고기를 가장 좋아합니다. 시중에 잘 만들어져서 파는 것이 있는데도 굳이 삶아서 먹이는 집사의 노고에 박수를 보내요. 엄마가 잘해 먹여서 그런지 고양이는 보통 훈련이 어렵다는데 우리 고양이들은 '앉아', '기다려' 같은 기본적인 훈련도 되는 편인 것 같아요. 고양이가 사람을 귀찮아 한다는 말도 있는데 달이는 오히려 집에 사람이 없으면 밥을 안 먹어요. 식구들 앞으로 밥그릇을 물고 와서 만져 달라고 해요. 만져주면 기분 좋다고 골골 소리를 내며 밥을 먹어요. 어쩌면 약간 관심병이 있는 것 같아요. 태양이는 길고양이 출신이라 엄마가 안쓰러움이 더 컸는지 정말 지극정성으로 키우셨어요. 제 끼니는 챙겨주지 않으셔도 고양이 밥때가 되면 하던 일도 멈추고 와서 고양이들 밥을 챙겨주고 잠깐이라도 놀아주는 엄마를 보면 가끔 질투가 나기도 해요.

고양이 옆 집사 옆 사람으로서, 어떤 역할을 담당하고 있나요?

달이와 태양이, 둘 다 아직 어려서 그런지 역동적으로 노는 걸 좋아해요. 그래서 엄마가 힘들어하시는 부분이 있죠. 공부를 좀 하려고 해도 문을 닫아놓기라도 하면 방문 앞에서 서럽게 울어요. 놀아주지 않으면 책상 위, 노트북 자판 가리지 않고 올라와서 놀아 달라 시위를

합니다. 엄마도 저도 적어도 10분이라도 놀아주려고 노력하고 있어요. 또 집안에 털이 날리는 걸 조금이라도 줄여보고자 수시로 빗질을 해주는데 그 털을 모아 뭉쳐서 공을 만들어 줘요. 그 공을 둘 다 그렇게 좋아한다고 하네요. 그리고 이게 놀이인지까지는 잘 모르겠는데 북어를 동결건조하여 만든 트릿류의 간식을 던져주면 달려가서 먹는 걸 애들이 좋아해요. 간식이 좋아서 일부러 더 열정적인 반응을 보여주는 것 같네요.

혹시 달이와 태양이 관련하여 기억에 남는 일화가 있다면 들려주세요.

고양이와의 삶 2년 차인 우리 가족에게는 매 순간이 소중한 일화가 되어요. 아기를 낳으면, 처음 기어갈 때, 걸을 때, 엄마라고 부를 때 등을 잊지 못한다면서요. 저희도 비슷해요. 처음으로 제대로 배변한 날, 서로 핥으며 그루밍 해주는 기특한 모습 등을 보면서 울고 웃었어요.

집사가 왕초보라 고양이 발톱을 처음 잘라줄 때 너무 바짝 깎아서 피가 났어요. 깜짝 놀라서 병원에 안고 달려갔는데 비일비재한 일이라더군요. 고양이 발톱 위쪽에는 혈관이 있어서 바짝 깎으면 피가 난대요. 뾰족한 부분만 살짝 그리고 자주 다듬어줘야 하는데 아무도 알려주지 않아서 몰랐던 거죠.

고양이를 잃어버릴 뻔했던 적도 있다고요.

주인님인 고양이 잘못은 모두 집사 탓이라는 불문율이 있어요. 아빠가 정말 큰 사고를 한번 치셨죠.

달이가 온 지 한 달이 좀 넘었을 때 아빠가 현관문을
열고 나가는데 달이가 후다닥 쫓아 나갔어요. 다행히
그 순간 딱 걸려서 아빠는 '널 잡겠다', 달이는
'나가겠다'며 서로 팽팽한 대치 상황을 벌였대요. 벌써
2년 가까이 지난 일인데 아빠는 아직도 그때 일을
말씀하시곤 해요. 달이를 잃어버렸으면 아마 아빠가
집에서 쫓겨났을 거라고요. 아빠는 농담처럼
말씀하셨지만, 진짜로 그랬을지도 몰라요. 달이를
찾을 때까지 집에 못 들어온다며 엄마가 아빠를
내보내셨겠죠 😌

그리고 밤에 현관문이 조금 열려 있었던 적도 있어요.
식구 중 누군가 문을 제대로 안 닫고 나간 줄 알고 모두
주의를 받았는데 알고 보니 달이가 범인이었어요.
현관문 여는 모습을 엄마 앞에서 보여줬거든요. 엄마는
현관 도어락이 왜 이리 잘 열리냐며 도어락 업체에
강력한 항의 전화도 하셨어요. 뱅갈 고양이가 특히
몸이 길어서 뛰어오르면 방문도 열 수 있거든요. 달이가
겁이 많아 밖에 안 나가서 그나마 다행이지 나가서
돌아오지 못하는 일을 상상만 해도 끔찍해요.

고양이 옆 집사 옆 사람의 한 마디-

엄마는 달이와 태양이가 갱년기를 이겨낼 수 있도록
도와준 존재들이라고 말씀하세요. 덕분에 조금이라도
더 부지런하게 움직이게 되어 삶의 원동력과도
같다고요. 고양이들 덕분에 가족 간 대화도 많아졌고요.
무엇보다도, 고양이들이 너무 귀여워요!

엄마가 저보다 고양이를 더 좋아하는 것 같아요.

'달이'와 '태양이'의 주 집사 김진영 님의 팁!

1. 펫샵 고양이의 문제점

—

온 가족이 처음에는 고양이에 대해 정말 하나도 몰랐기에 고양이 분양으로 유명하다는 펫샵을 인터넷으로 찾았어요. 그곳에서 큰 금액을 주고 달이를 사 왔죠. 사실 지금도 반려동물은 어디서 한 마리 얻거나 아니면 사는 거로 아는 주변 사람이 많아요. 비싼 금액을 치렀으니 혈통도 좋고 동물병원에서 잘 관리받은 건강한 고양이일 거로 생각했는데 다음 날 보니까 눈이 이상하고 눈곱이 끼더라고요. 가까운 동물병원에 데리고 갔더니 '허피스 바이러스' 같다고 했어요. 달이는 오염된 환경에서 자랐던 거고, 펫샵에서는 몸속 건강이 아닌 겉모습만 단장해서 판매했던 거죠.

※ 고양이 허피스 바이러스(Feline Herpesvirus 1)
상부 호흡기 또는 폐 질환을 일으키는 바이러스로 기침과 콧물, 고열과 눈곱 등의 증상으로 고양이가 감기에 걸린 것처럼 보인다. 전염성이 매우 높아서 고양이가 함께 모여 지내는 곳에서 발병률이 높다. 면역력이 좋으면 일주일 이내 회복하지만, 면역력이 약한 노령 혹은 새끼 고양이는 사망에 이를 수도 있는 위험한 바이러스다.

고양이 사지 마세요, 입양하세요.
달이 때의 경험을 바탕으로 태양이를 입양하게 된 과정을 이야기합니다.

2. 아무리 항의해도 돌아오는 것은 펫샵의 무책임한 답변뿐

—

펫샵도 처음에는 생명을 소중히 다루는 것처럼 응대하지만, 막상 이런 일이
생기면 굉장히 불친절해지기 시작합니다. 항의 전화를 했더니 펫샵 근처에
있는 연계 동물병원으로 와야만 병원비를 지원해줄 수 있다는 돈 이야기부터
하면서 계약서상에 기재된 환급 또는 교환 조건에 대해 말하더라고요.
고양이를 물건으로 보는 불편한 조항들이 특히 너무 싫었어요.
달이 치료 때문에 병원을 다녀오느라 어머니 환갑 가족 모임에 늦어서
2년이 지난 지금까지도 엄마의 눈총을 받고 있네요.
        혹시 지난날의 저처럼 아직 잘 몰라서 펫샵에서 반려동물을 사는
사람들이 없었으면 해요. 펫샵에서 사지 말자고 널리 알리는 캠페인도 굉장히
중요할 테고요. 펫샵이 존재하는 한 달이처럼 건강하지 못한 고양이들이
계속해서 생겨나고, 팔리리라 생각합니다.

엄마가 저보다 고양이를 더 좋아하는 것 같아요.

3. 반려동물 사지 말고, 입양하세요!

—

어떤 사연으로 파양된 고양이, 건강하지 않은 고양이, 길고양이 등을 선뜻 입양하기란 쉽지 않다는 것을 압니다. 저도 둘째 고양이를 들인다면 입양할 거라고 하니까 주변에서 열이면 열 모두 '왜?'라는 반응을 보였으니까요. 저는 달이 때의 경험을 교훈으로 삼아, 언젠가 들일 둘째를 위해 입양을 공부하기 시작했어요. '고양이라 다행이야'라고 사업성을 철저히 배제한 큰 규모의 고양이 관련 온라인 카페를 통해 구조, 임시 보호, 입양에 대해 알아봤어요. 마침 같은 동네에 사는 분이 새끼 고양이의 임시 보호처를 구한다고 하여 준비는 덜 되었지만 자청했어요. 임시 보호를 하다가 결국 입양하여 둘째 태양이가 되었지요. 이렇게 어쩌다 인연이 닿아 입양할 수도 있고, 유기동물 보호소를 통해 입양하기도 해요.

4. 하나 더! 귀도 안 서고 젖도 떼지 못한 새끼 고양이 돌보기

—

그릇에 우유만 담아주면 핥아먹는 새끼 고양이 이미지를 많이들 보셨을 텐데, 그 상황에서 고양이가 먹을 수 있는 건 아니에요. 새끼 고양이라면 4시간 간격으로 젖병에 전용 분유를 타서 수유하고, 어미 대신 배를 마사지해서 배변을 유도해줘야 해요. 태어난 지 3주가량 된 새끼 고양이를 먹이는 일에는 신생아를 돌보는 것만큼 많은 정성이 필요하다는 사실을 태양이를 보살피며 알았어요. 저는 병현이도 키워봤지만, 새끼 고양이를 돌보는 일은 생각보다 힘든 일이더라고요. 그즈음 제가 2박 3일 동안 집을 비울 일이 생겼는데, 우리 집사 옆 사람인 병현이가 등교 전에 또 학원 가기 전에 그 모든 것을 다 해줬어요. 이렇게 가족들의 도움과 첫째 달이의 협조로, 태양이를 무사히 가족으로 받아들일 수 있었어요.

고양이 옆 집사 옆 사람

물 건너온

고양이

남용호

개는 주인을 알아보지만, 고양이는 위급하면
주인을 배신하는 매정한 동물이라고 말씀하시는
어르신들이 종종 있습니다. 하지만 개처럼
꼬리를 격렬하게 흔들며 주인을 반기지는 않아도
고양이도 제 나름의 방식으로 집사에게 감정을
표현합니다. 집사가 집에 돌아오길 기다렸다가
애교를 부리기도 하고, 먼저 다가와 야옹야옹
말하기도 하지요.

처음에는 집안에서 동물 키우는 것 자체를 강력하게
반대했지만, 지금은 '봉지'를 인생의 처음이자
마지막 고양이로 받아들인 분이
있습니다. 봉지의 집사
옆 사람, 남용호 님을
만났습니다.

자기소개를 부탁합니다.

12살의 검정고양이 '봉지'와 함께 사는 남용호입니다.
저는 원래 동물을 그다지 좋아하지 않았고, 특히
집안에서 동물 키우는 일만은 용납하지 않았는데 봉지를
만나면서 지금은 생각이 많이 바뀌었어요. 아내 말로는
봉지의 1순위는 이제 저라고 할 정도로 봉지가 저를 많이
따릅니다.

함께 사는 고양이를 소개해주세요 (ᵔᴥᵔ)

봉지는 이탈리아에서 지내던 딸이 한국으로 돌아오면서
데리고 들어온 고양이에요. 검정 비닐봉지를 닮아서
봉지라고 지었대요. 봉지는 강아지처럼 사람이 나갔다
들어오면 반길 줄도 아는 고양이에요. 제가 하루 정도
집을 비웠다가 돌아오는 일이 생기면 봉지가 현관문과
거실 사이에 있는 중문 앞에 앉아서 바라봐요.
꼭 왜 이렇게 늦게 왔냐는 것처럼 난리를 치면서 반기죠.
누가 그러던데 이런 고양이를 '개냥이'라고 부른다면서요.
개 같은 성격의 고양이라나. 그리고 식구가 모두
집에 돌아와서 거실 소파에 모여 앉아 있으면 봉지도
조금이라도 더 가까운 곳에 앉으려고 다가와요. 아마
자기도 식구의 일원이라고 생각하는가 봐요. 기분이
좋아져서는 배를 까고 발라당 누워서 자기를 봐달라,
만져달라 하면서 애교를 부려요.

고양이는 어떤 계기로 반려하게 되었나요?

사실 봉지가 우리 집에 살게 된 과정이 꽤 복잡해요.

제가 처음에 아주 심하게 반대했거든요. 사람과 짐승은
구분을 두어야지 한집안에서 같이 사는 건 안 된다고
생각했어요. 그런데 딸이 이탈리아에서 제 허락도 없이
그냥 데리고 온 거였죠. 딸은 울고불고 난리였지만,
봉지를 아예 집안에 들어오지도 못하게 했어요. 딸이
자기 삼촌 집에 한 달 정도 피신을 보냈는데 나중에
제 어머니가 이 상황을 아시고는 여러 사람 곤란하게
하지 말고 얼른 데려가서 키우라고 말씀하셔서 어쩔 수
없이 키우기 시작했어요. 그게 벌써 6년 전 일이네요.

그럼 주 집사는 따님이라 할 수 있겠네요. ☻

그렇죠, 봉지가 오랫동안 같이 산 딸에게는 약간
복종하는 면을 보여요. 어렸을 때부터 많이 혼내서
그런지 딸 말은 잘 들어요. 그래도 가족들이 다들 봉지가
가장 좋아하는 사람 1순위는 저라고 얘기해요 ☺ 제가
'봉지야~' 하고 열 번을 부르면 아홉 번은 오거든요. 물론
처음부터 그랬던 것은 아니었는데 봉지도 변한 것 같아요.
그만큼 서로 신뢰하게 된 거죠. 밤에 잘 때도 제가 침대를
톡톡 치면 어디 안 보이는 곳에 있다가도 제 옆에서 자러
와요. 제가 팔을 쭉 뻗으면 봉지는 자기 누울 자리가
비좁으니까 엉덩이를 들이밀면서 공간을 확보하고
제 팔에 몸을 밀착시켜요. 그러면 기분이 참 좋아요.

또 봉지가 아내는 다른 의미에서 따르더라고요. 원래 밥
주는 사람이 최고잖아요. 목욕하러 들어갈 때 봉지가 문
앞을 지켜주는 유일한 식구가 아내예요.

고양이 옆 집사 옆 사람으로서, 어떤 역할을 담당하고 있나요?
평소에 봉지와 어떻게 놀아주시는지 궁금해요.

고양이가 12살쯤 나이를 먹으면 주로 자거나 쉬거나
할 것 같지만, 우리 봉지는 그렇지 않아요. 아직도 장난을
걸어요. 무언가 먹고 싶거나, 놀고 싶으면 소파 아래에
거꾸로 누워 저를 올려다보면서 발로 툭툭 건드려요.
자기랑 장난치자고요. 봉지는 장난감은 별로 좋아하지
않고 끈이랑 검정 비닐봉지를 제일 좋아해요. 끈은
대부분 고양이가 좋아하는 물건이라던데 비닐봉지는
부스럭거리는 게 재미있나 봐요.

그렇게 장난 거는 모습이 귀여워서 만져주기도 하고,
아내는 사람 음식도 조금씩 주고 그래요. 생 닭고기나
소고기 날 것을 육회처럼 살짝 저며서 주면 진짜
잘 먹거든요. 딸이 사람 음식은 주지 말라고 매번
얘기하는데 아내가 듣지를 않으니까 요새는 포기했나
보더라고요. 또 하나 장난치는 방식이 있는데 포도알을
하나 똑 따서 주면 축구를 하듯 발로 데굴데굴 굴리면서
아주 좋아해요. 그런데 절대로 먹지는 않아요. 참, 포도는
고양이가 먹으면 안 되는 식품이니까 고양이 키우는
사람들은 꼭 조심해야 해요.

봉지가 산책도 한다고 들었어요.

아내가 가끔 몸통에 줄을 채우고 산책을 데리고
나간대요. 봉지가 베란다에 앉아 밖을 내다보는 모습이
어쩐지 불쌍하게 느껴져서 바깥세상을 구경시켜주고
싶었대요. 집안에서만 지내는 게 답답한가 싶어서요.

강아지 산책 같지는 않고, 안고 나가서 집 옆에 있는
오솔길에 살짝 내려놓아요. 봉지도 무서워하지 않고
좀 걷기도 하고, 벤치에도 같이 앉아 있어요. 그러면
강아지와 산책하던 사람들이 보고 깜짝 놀라요.
고양이도 산책하냐면서요. 우리 봉지는 호기심이 많아서
바깥 나가는 일도 스트레스받지 않고 좋아하는 것 같아요.

고양이 옆 집사 옆 사람의 한 마디-

어릴 때 마당에서 큰 개를 키운 적이 있어요. 그때의
기억을 더듬어보면, 개는 사람을 잘 따른다는 게 확실히
느껴졌는데 고양이는 상대적으로 덜 그런 것 같아요.
하지만 같이 살면서 고양이도 의사를 표현한다는 사실을
알게 되었죠. 6년 동안 봉지를 지켜보니까 고양이는
스스로 독립된 개체라고 생각하면서 동시에 자기
나름대로 사람과 교감을 시도하더라고요. 서로 천천히
정도 들고요.

저는 봉지를 보며 이제는 개보다 고양이가 더 키우기
좋은 반려동물 같다고 생각해요. 강아지는 집안을
난장판으로 만들어놓는 일이 허다하지 않나요 ☺ 봉지는
이 집에 온 이후에 한 번도 저지레를 하지 않았어요.
이건 봉지만의 성격일 수도 있으니 단정하기는 어렵겠죠.
어떤 고양이는 가죽 소파를 발톱으로 긁기도 하고,
충전 케이블을 이빨로 물어뜯는다면서요. 봉지는 행동
자체가 사람이 거슬리게 하지를 않아요. 그냥 스크래처만
긁는 정도랄까.

'봉지'의 주 집사 남혜연 님의 팁! 😺

0. 봉지와의 인연은 이렇게 시작되었어요.

―

예전부터 언젠가 고양이를 키우고 싶다고 생각은 하고 있었어요. 아버지가 집안에서 동물을 키우지 못하게 해서 독립하면 키워야겠다는 마음도 약간은 있었고요. 그러다 피렌체에서 혼자 살던 시절에 지인이 새끼 고양이를 준다고 하더라고요. 근교 농장에서 고양이가 새끼를 한 마리 낳았다면서요. 그렇게 만난 고양이가 봉지예요. 품종은 잘 모르겠고, 원래 어미도 농장 마당에서 살면서 외출했다 돌아오고 하던 고양이였어요.

다행히 하우스메이트들 중에 고양이를 무서워하거나 알레르기를 보이는 사람은 없어서 문제없이 다 같이 살았죠. 외국에서 반려동물을 키우려면 돈이 많이 들지 않느냐는 질문을 받기도 하는데, 의외로 병원비가 한국보다 저렴해요. 제가 동물 구조 단체에서 운영하던 동물병원을 주로 이용했기 때문일 수도 있지만요. 피렌체에 가보신 분들은 어렴풋이 느끼시겠지만, 물건을 파는 상점이 아니고서야 피렌체에는 간판이 크거나 통유리창으로 가게 내부를 훤하게 보여주는 곳이 드물어요. 그래서 거기도 병원인지 알아보기가 조금은 힘들더라고요. 저도 주변에서 소개받아 겨우 찾아갔지 지나다니면서는 그곳이 동물병원인지 몰랐을 정도예요.

이제는 반려동물도 가족이라는 인식이 자리잡혀서 이민이나 유학을 떠날 때 같이 가는 경우도 많죠. 또는 해외에서 지내다가 한국으로 반려동물을 데리고 오는 분들도 있을 거예요. 동물을 데리고 나가거나 들여오는 일이 아마도 아주 까다로울 거라고 지레짐작하실 수도 있지만, 꼭 그렇지만은 않으니까 소중한 가족을 쉽게 포기하지 않았으면 좋겠어요.

'봉지'의 주 집사 남혜연 님의 팁! ☺

1. 나라마다 다른 검역 기준을 집사가 꼼꼼히 확인하자.

—

요즘 우리나라에는 동물 검역 절차를 대행해주는 동물병원도 많아진 것
같아요. 제가 이탈리아에서 봉지를 데리고 올 때는 미리 한국 입국 시의
검역 기준을 직접 알아보고 필요한 검사나 서류 증빙을 이탈리아의
동물병원에 요청했어요. 나라마다 요구하는 기준이 조금씩 다를 텐데,
마이크로 칩 장착과 광견병 접종, 항체 검사 등은 기본적으로 지켜야 하는
규정이에요. 제대로 준비하지 않으면 반려동물이 입국 금지되거나 검역소에
갇힐 수도 있고, 심각한 경우 강제로 반송될 수도 있으니 집사가 반드시
잘 확인해야 합니다.

2. 모든 준비를 마쳤다면 고양이를 어디에 태울 것인지 결정하자.

—

사실 이건 집사가 선택할 수 없는 부분입니다. 왜냐하면 고양이의 몸무게로
결정되거든요. 6년 전 봉지가 이탈리아에서 한국으로 올 때 기준으로는,
이동장을 포함해서 고양이 무게가 5kg을 넘으면 동물 수화물 칸에 따로
태워야 했어요. 그 무게 이하라면 집사와 같이 승객 칸에 탈 수 있었죠. 봉지를
그 무게에 맞추기 위해 한국에 오기 전까지 아주 혹독한 다이어트를 시켰어요.
그 노력이 절대 고양이를 집안에 들일 수 없다는 제 아버지의 완고한 마음을
누그러뜨리는 데 또한 일조했답니다.

고양이와 함께 비행기를 타려면?
해외에서 고양이를 반려하게 된 계기부터
함께 귀국할 때 필요한 것들을 알려드립니다.

3. 이동장을 내려놓을 공간이 있는 좌석을 항공사에 미리 요청하자.

—

유럽에서 한국으로 오는 비행시간이 꽤 긴데, 일반 이코노미 좌석은 바닥에
이동장을 내려두기엔 협소하지요. 비행기의 유선형을 고려하면 창가 쪽에
이동장을 내려놓을 자리가 있을 법한 좌석이 있어요. 저는 봉지와 같이
승객 칸에 타려고 했기 때문에, 특별히 그 자리를 콕 찍어서 앉아야겠다고
처음부터 생각하고 있었어요. 일부러 직항이 있는 국적기를 이용하면서
여러 번 항공사에 문의해서 해당 좌석으로 배정해줄 수 있는지 확인했지요.
귀국 당일 공항에서 체크인할 때에도 그 좌석이 맞는지 재차 확인했고요.
그렇게 딱 비행기에 탔는데 제가 요청했던 자리가 아닌 거예요. 제가 몇 달
전부터 요청했는데 말이에요. 너무 화가 나서 승무원에게 강하게 항의했죠.
다행히 제가 원했던 좌석을 배정받은 승객이 옆에서 상황을 지켜보다가
저와 자리를 바꿔주었어요. 아직도 그 분노가 기억나네요. 비행 중에 봉지가
힘들어할까 걱정했는데 아주 조용히 자면서 잘 돌아왔답니다.

+ 미니 팁! 고양이와 이동장의 무게를 합쳐서
5kg 이하여야 했으니 봉지는 봉지대로 두 달간
피나는 노력으로 다이어트를 시키면서
한편으로는 가벼운 이동장을 찾으려고 애썼어요.
어떤 물건이든 한국 판매처가 종류도 다양하고
구매도 편리하니 한국 온라인몰을 열심히
뒤졌지요. 그러다가 1kg짜리 패브릭 이동장을
찾아냈어요. 야호! 진짜 그걸 찾느라 얼마나
인터넷을 헤맸는지 몰라요.

고양이 옆 집사 옆 사람

여자친구가 자꾸

고양이를 데려와요.

임광휘

처음이 어렵지 한번 고양이를 키우기 시작하면,
그다음에는 둘, 셋, 자꾸만 고양이의 가족을
늘려주고 싶은 게 집사의 마음이라고들 합니다.
가여운 처지의 고양이 사정을 들으면 여건이
되는 한 돕고 싶고요.

임광휘 님은 8년 전 연애 초기에는 여자친구 집에
고양이가 분명히 한 마리였는데 지금은 세 마리로
늘어난 데다가 임시 보호 중인 새끼 고양이까지
있다고 이야기합니다. 자기만 등장하면 숨어버리는
고양이들에게 서운함을 느낄 만큼, 집사 옆 사람
임광휘 님은 이제 집사급으로 고양이를 좋아하게
되었답니다. 아마 고양이 사랑도 전염이 되나
봅니다.

자기소개를 부탁합니다.

건설업에 종사하고 있는 직장인 임광휘입니다.
온라인 게임, 자전거 타기를 좋아하는데 취미가 비슷한
여자친구와 벌써 8년째 연애 중이랍니다. 저는 사실
한 번도 동물이라곤 키워본 경험이 없었어요. 반면
여자친구는 어릴 때부터 동물과 함께했다고 해요.
지금은 저세상으로 떠나고 없지만 오랫동안 함께한
반려견도 있었다고 하고, 지금은 공식적으로 세 마리의
고양이와 살고 있어요.

함께 지내는 고양이를 소개해주세요

여자친구네 대장 '치토'는 현재 6살로 사람으로 따지면
중년 아저씨예요. 치토보다 먼저 키우던 고양이가
있었는데 창문으로 탈출해서 잃어버린 거예요. 찾고
또 찾고 했지만 결국 찾지 못해 슬퍼하고 있었어요.
그런데 그때 갑자기 운명처럼 나타난 존재가 치토입니다.
치토랑 만났을 때 저도 같이 있었어요. 여자친구가
그러더라고요. 이 고양이를 잃어버린 보호자도 자기랑
같은 마음일 테니, 우리 고양이를 찾으면서
이 고양이의 보호자도 같이 찾아주자는 멋진
이야기를 했어요. 그렇게 데리고 있다가
유기묘라는 사실을 알게 되어 키우게
되었죠.

치토의 풀네임은 '치유해일토템'인데
그걸 줄여서 치토라고 부르기로 같이
정했어요. 그 당시 저희가 같이 즐겨 하던

게임에 등장하는 특수 기술을 일컫는 말인데요.
게임 세계에서도 줄여서 '치토'라고 해요. 이 기술을
쓰면 같이 게임을 하는 파티원들의 HP가 무시무시한
속도로 회복되어요. HP란 게임 캐릭터가 공격 등의
피해를 버텨낼 수 있는 수치인데 이게 0이 되면
죽거든요. 당시 여자친구가 고양이를 잃어버리고 정말
많이 힘들어했는데 치토가 치유해일토템 같은 역할을
해주었고 여자친구 역시 치토의 상처를 치유해주고
싶어서 이렇게 이름 붙였어요. 저희 고양이 이름을
아는 친한 게이머들과 게임을 같이 한 적이 있는데요.
서로 적으로 만나서 그쪽에서 '치토 부숴! 치토 깨!'
그런 말을 했는데 게임 끝나고 나서 '그 치토 아니에요.
죄송해요.'라고 사과하더라고요. 게임에선 상대의 치토를
부수지 않으면 이길 수가 없으니까 이해한다고 했어요 ☺

둘째 '젤리'의 이름을 지을 때도 후보가 많았어요.
여자친구가 게임을 좋아하다 보니 애착 가는 모든 것에
자기가 아끼는 게임 캐릭터나 아이템 이름 붙이는 걸
좋아해요. 예를 들어 '애쉬브링거'라는 게임 아이템의
이름을 따서 애쉬라고 부르자는 의견이 있었죠.

이게 '파멸의 인도자'로도 불리는 강력한 검인데
해를 끼치는 무기를 이름으로 붙이는 것은
별로라서 제가 반대했어요. 별별 이상한
후보가 많았어요. 그러다가 여자친구가
이것만은 포기할 수 없다며 자신의
게임 캐릭터 이름이자 영어이름인
Gzel(Giselle) Lee를 따서 (G)+Zelly로
붙였어요. 애쉬보다 젤리가 훨씬 낫지
않나요?

얼마 전 막내가 새로 생겼다면서요.

몇 달 전에 여자친구가 아직 젖도 떼지 못한 새끼 고양이 세 마리를 구조했어요. 누가 시끄럽다며 119에 신고해서 보호소로 끌려갈 뻔했다는데 그렇게 어릴 때 보호소에 가면 곧 죽는다더군요. 사실 저는 더는 고양이 수를 늘리지 않았으면 좋겠다고 생각했지만, 여자친구가 그중 하나는 입양 가지 못할 거라고 하더라고요. 얼룩덜룩한 무늬의 고양이는 사람들이 별로 좋아하지 않는다면서요. 그런 무늬를 '카오스'라고 부르는데 사실 제 로망의 고양이는 카오스라고 예전부터 말했었어요. 결국 여자친구는 그 카오스의 집사가 되었습니다.

그 녀석의 이름을 지을 때도 친구들이 모여있는 단체대화방에 의견을 구하며 여러 후보를 나름 줄줄이 받았지만, 여자친구는 분명 또 이상한 게임 캐릭터 이름을 붙일 게 뻔했어요. 그걸 막고 싶었던 강한 본능이 작동했는지 이번 이름은 제가 적극적으로 제안했지요. 카오스=혼돈=혼돈이=혼또니, 이렇게 뭔가 근거 있는 이름을 지어보았습니다 ☺ 단체대화방의 지인 8명이 모두 다 지지해주었고, 처음엔 탐탁지 않게 생각하던 집사도 저의 로망묘니까 수락한다며 선심 쓰듯 알겠다고 했어요.

주 집사인 여자친구는 어떤 분인가요? ☺

덕이 많은 사람이에요. 유교 사상에 등장하는 덕 말고요.

자덕(자전거덕후), 겜덕(게임덕후), 냥덕(고양이덕후),
이렇게 삼덕을 쌓은 분입니다. 좋아하는 것에 시간과
돈을 과감히 투자하고 그에 대한 집중력과 책임감을
보면 깜짝 놀랄 지경이에요. 고양이 여러 마리를
반려하는 집을 다묘 가정이라 부르는데, 가끔 지켜보면
다묘 가정의 집사는 아무나 하는 게 아닌 것 같아요.

고양이와 처음 만났을 때, 어땠나요?

저는 어렸을 때 강아지한테 물린 적이 있어서
동물에 대한 트라우마가 있었어요. 반려동물 키우는 것
자체를 굉장히 꺼렸죠. 게다가 부모님이 시골에서
자라신 분들이라, 반려동물을 '가축'으로 인식하셔서
어릴 때부터 요즘 의미의 반려동물은 접해 볼 기회가
없었어요. 여자친구가 고양이를 키운다고 했을 때
무서웠지만, 그래도 존중하려고 했어요.

지금은 집사의 본가에 사는 희야가 제가 가까이서 처음
본 고양이에요. 귀엽긴 한데 눈매가 무섭다는 생각이
들더라고요. 한국 사람들이 고양이에 대해 쉬이 갖는
편견처럼요. 여자친구가 고양이를 방 안에 데려와서 같이
생활하는 걸 보니 이질감이 들었어요. 동물과 사람이
같은 공간을 쓰는 것이 제가 경험해보지 못한 상황이라
익숙하지 않았죠.

요즘은 어떠세요?

아직 결혼한 것은 아니니 같이 반려한다고는 할 수
없지만, 결혼을 생각할 시기라 이제는 저의 의견도

중요해졌어요. 결혼할 사람이 생기면 보통 상대방에게
우선 의견을 물어본다던데 여자친구가 고양이를 처음
들일 당시 저희는 20대 초반이었던 데다가 연애 초기라
결혼을 생각할 때는 아니었어요. 여자친구는 어릴 때부터
동물과 함께하는 환경에 익숙했으니 너무나 자연스럽게
고양이를 데려왔어요. 집사니까 내 눈에 귀엽고
나는 동물을 좋아하니, 다른 사람들도 아마 자기처럼
좋아할 거로 생각했었나 봐요. 실은 저는 조금
무서웠는데 말이죠.

여자친구가 고양이를 반려한 지 얼마 되지 않았을 때
크고 작은 마찰이 있었어요. 한번은 나보다 고양이를
더 생각하고 감싸는 것 같아 상처받았던 적도 있어요.
당시 저는 고양이는 고양이고 사람은 사람이라며, 당연히
고양이보다 사람이 위라는 위계를 분명히 해야 한다고
생각했어요. 고양이보다 사람이 더 존중받아야 하고
더 사랑받아야 하고 더 이해받아야 한다고 말이죠.
그런데 여자친구와 오래 알고 지내면서 같이 보호소에도
가보고, 반려동물에 관한 여러 이야기를 접하다 보니,
제가 몰랐던 영역이 있다는 사실을 알게 되었어요.
생명의 소중함을 배웠고 동물도 감정이 있다는 걸
깨달았어요. 그럼에도 지금처럼 여자친구가 이렇게
많은 고양이를 집으로 데려올 줄은 미처 몰랐죠. 젤리로
끝날 줄 알았는데 혼또니도 가족이 되었고, 입양을 앞둔
새끼 고양이를 임시 보호하기도 하더라고요. 요즘도
'희봉이'란 고양이를 임시 보호하고 있거든요. 그런데
괜찮아요. 제가 변했으니까요. 제가 예전 그대로의
사고방식을 갖고 있었다면 아마 여자친구도, 이렇게
귀여운 치토도, 매력 있는 젤리와 저의 로망 고양이인

혼또니를 만나지 못했을 거예요.

고양이와 지내면서 좋은 점 또는 어려운 점은 무엇일지 궁금해요.

여자친구가 미국으로 여행을 간 한 달 동안, 제가 치토를 대신 돌보게 되었어요. 여자친구가 와이파이나 기타 데이터를 설정하지 않고 가서 연락이 안 될 때가 잦았고 물론 시차도 많이 났고요. 제가 외로움을 잘 느끼는 성격은 아닌데 주말마다 보던 여자친구를 보지 못하니 외롭더라고요. 그럴 때마다 치토와 함께 놀곤 했는데 이 아이가 위안을 주는 것 같았어요. 지금도 주말마다 여자친구 집에 놀러 가면, 다른 아이들은 다 도망가고 없지만 치토만은 제 다리에 몸을 비비며 반겨줘요. 그때 쌓은 정이 아직까지 남아있는 것 같아 기분이 좋아요. 고양이가 강아지처럼 막 꼬리치며 매달리진 않지만, 이런 은은한 의리가 있어요, 역시!

한편 고양이와 지내며 어려운 점도 있을 테지요.

1. 나를 싫어할 때
고양이가 귀여워서 쓰다듬으려고 제가 다가가면 고양이들이 피하면서 싫어해요. 지금도 치토 빼고는 제가 자리에서 일어나기만 하면 다들 도망가요. 아마 제 덩치가 커서 무서운가 싶긴 한데 그래도 기분은 나쁘죠. 집사는 '네가 몰라서 그래. 그냥 만지지 마. 네가 가만히 있어.'라면서 고양이들 편을 들곤 해서 그것 때문에 싸우는 일도 많았어요. 저는 동물을 키워본 적이 없으니 나름 친해져 보려고 노력한 건데 나를 거부하는 것 같아서 서운했어요. 한번은 제가 아무것도 하지

않고 가만히 있었는데도 무서워하면서 제 앞에 응가를
흘리고 도망가기도 했어요. 그런데 함정은 제가 간식을
주면 다가온다는 거예요. 고양이는 좋고 싫음을 확실히
표현하지만, 대체 왜 싫어하는지를 알 수가 없으니 너무
답답해요.

2. 심한 응가 냄새

여자친구 집에서 정말 심한 응가 냄새가 확 날 때가
있어요. 보통 고양이들이 자기가 싼 건 모래에 잘
숨겨둔다는데 치토는 좀 남달라요. 똥을 모래로 덮지
않아서 똥 냄새가 온 집안을 지배해요. 그리고 가끔
밥 먹고 있을 때 고양이가 제 앞에서 배변하는 걸 보면
기분이 유쾌하진 않죠. 사람의 후각은 피로감을 느끼기
쉬운 기관이니 딱 10분만 참으면 되는데 그 10분이
1시간처럼 느껴질 때가 많아요.

3. 털 날림

다른 집 이야기인데, 아는 형이 고양이 세 마리를 키워요.
어느 날 컴퓨터를 고치려고 본체를 열었는데 그 안에서
다량의 털이 나왔대요. 그 이후로는 고양이가 컴퓨터
있는 방에 들어가지 못하게 했대요. 이렇게 작은
고양이의 털이 컴퓨터로 들어가 봐야 뭐 얼마나
들어가겠나 생각했는데 여자친구 컴퓨터가 망가졌을 때
열어보니 정말 엄청난 양의 털이 들어가 있더라고요.
청소기로 털을 빨아들이고 면봉으로 닦아내면서
청소하는 시간도 꽤 걸렸어요. 고양이 털은 빠질 수밖에
없으니 결국은 사람이 청소를 자주 하는 방법밖에는
없어요. 결혼하게 되면 저도 이 털 공격과 청소를 같이
감당해야겠죠. 청소야 하면 되는데 저는 컴퓨터를 정말

좋아하고 지금 쓰고 있는 것도 고가의 컴퓨터거든요.
제 컴퓨터가 털로 가득할 상상을 하니 끔찍하네요 ☹

고양이 옆 집사 옆 사람의 한 마디-

다소 엉뚱하지만, 귀엽고 사랑스러운 행동을 보았을 때
'빙구미'가 있다고 말하잖아요. 고양이한테는 확실히
그 빙구미가 있어요. 고양이는 도도하고 사람을 따르지
않는 매정한 짐승이라고들 하는데 적어도 저는 그 말이
틀렸다고 생각해요. 고양이와 가까워지면서 사람도
고양이의 빙구미를 배우는 것 같아요. 하지만 고양이의
빙구미는 단번에 느낄 수 있는 게 아니라 고양이와
사람 사이 경계가 서서히 없어지기 시작할 때 보이기
시작하는 귀한 것이에요. 빙구미야말로 집사 옆에서
오래도록 고양이를 관찰한 제가 찾아낸 최고의
매력이라고 생각해요.

'치토, 젤리, 혼또니'의 주 집사 이정윤 님의 팁!

제가 겜덕, 자덕, 냥덕, 이렇게 덕이 많은 사람인데 냥덕의 연장으로 고양이 관련 박람회 역시 덕후에요. 서울과 수도권에서 열리고, 고양이 관련 용품이 많이 나오는 웬만한 곳은 다 다녀봤어요. 고양이는 가슴으로 낳아 지갑으로 키운다는 명언을 따라, 박람회에 가면 자동으로 지갑이 열리게 됩니다. 신용카드는 남발되고, 통장은 잔액이 텅텅 빈다는 일명 '텅장'이 되지요.

그럼에도 집사는 박람회에 갑니다. 생각보다 오프라인에서 고양이용품을 직접 보고 살 수 있는 판매처가 별로 없고, 요즘 유행대로 각종 고양이 관련 용품 큐레이션 사이트나 온라인 쇼핑몰을 통해 사야 하는 경우가 많아요. 우리 모두 인터넷 쇼핑몰에서 모델이 입은 사진을 보고 샀는데 막상 배송 오면 전혀 다른 것이었던 경험 하나씩은 있잖아요? 차라리 실제로 보고 사기라도 했으면 억울하지나 않았을 거라고 생각했던 적, 모두 있잖아요? 박람회도 비슷합니다.

모든 박람회가 그렇듯이 홍보의 성격을 띠고 있어서 상대적으로 저렴하게 구매할 수 있고 더불어 출시 이전의 신제품을 미리 만나볼 수도 있어요. 냥덕이자 얼리어답터인 저에게는 놓칠 수 없는 기회죠! 또 우리 고양이들은 오늘 잘 먹던 사료도 내일은 먹지 않는 섬세한 입맛을 가졌으므로 몇만 원이나 하는 사료를 사기 전에 샘플을 통해 꼭 기호성을 테스트해야 해요. 박람회에서는 이런 사료 샘플들도 얻을 수 있어서 좋아요.

꼼꼼하게 보자면 24시간이 모자란 고양이 박람회! 어떻게 하면 실속 있게, 재미있게, 보람 있게 다 챙길 수 있을지 다년간의 경험으로 축적된 저만의 노하우를 공개해봅니다.

'치토, 젤리, 혼또니'의 주 집사 이정윤 님의 팁!

1. 지피지기면 백전백승:
박람회를 주최하는 업체의 SNS 팔로우

박람회를 주최하는 업체도 흥해야 이윤이 나는 법! 행사 관련 정보는 물론 입장권 증정 이벤트와 다양한 세미나 등의 행사 소식을 SNS로 공유합니다. 기본 정보 습득을 위한 가장 첫 단계죠.

2. 산을 보았다면 이제 나무를 보자:
주요 참가 업체의 SNS 팔로우

핫한 박람회에는 핫한 업체가 나오는 법이죠. 역시 어떤 업체가 참가하는지 미리 정보를 수집해두면, 박람회 가기 전 구체적으로 계획을 짤 수 있어요. 또 정말 중요한 것은 가고자 하는 박람회의 참가 업체를 보면 그 박람회가 고양이 위주인지 강아지 위주인지 알 수 있어요. 몇몇 고양이 전문 박람회 아니고서야 보통 '펫페어'라는 이름으로 진행하는 경우가 많은데, 고양이용품이 별로 없으면 찾아가는 의미가 없잖아요. 업체 구성을 미리 유심히 보시길 꼭꼭 추천해요.
　　　　참여 업체들도 상당한 참가비를 내고 박람회에 나가는 만큼 홍보에 심혈을 기울이게 됩니다. 그래서 주로 인스타그램을 통해 참가하는 박람회에 어떤 제품이 특가로 나오고, 어떤 신제품을 새로 선보이는지 알 수 있지요. 집사라면 내 고양이에게 좋은 것만 해주고 싶은 마음일 텐데, 잘 모르고 덥석 샀다가는 얼리어답터가 아니라 베타테스터가 될 수도 있어요. 그러지 않기 위해 박람회에서 신제품 샘플의 소재, 크기, 성능 등을 꼼꼼히 따져보려 하고, 정말 집사와 고양이에게 꼭 필요한 제품인지, 부족한 점은 없는지 한 번 더 생각해 보고 구매를 결정합니다.

고양이 박람회 완전 정복!
박람회를 조금 더 효과적으로 관람하고 활용할 수 있는 방법을 공유합니다.

3. 나만의 지도로 전략적 접근:
부스 배치도가 나오면 관심 업체를 표시하여 동선 짜기

—

동선을 짜야 하는 이유는 첫째, 계획 없이 가면 과소비 조장. 둘째, 생각만 하고
가면 참여하려던 이벤트를 놓침. 셋째, 특가 상품은 품절될 가능성이 큼.
인기 있는 업체는 대부분 줄이 기니까 그걸 참고해서 동선을 짜길 추천해요.
오픈시간에 맞춰 일찍 갈 게 아니라면 일단 꼭 살 것 먼저 얼른 사고, 그다음에
인기 있는 업체의 구매대기 줄에 서세요. 경험상 보통 30분 이상 줄을 서게 되는데
그러다 보면 정작 필요했던 다른 물건들이 품절되는 사태도 종종 있었거든요.

4. 인류 최고의 발명품 '바퀴':
캐리어는 선택 아닌 필수! 차량을 가져온다면 주변 주차요금도 미리 확인!

—

박람회에서 보통 캣타워 같은 가구류는 택배로 보내주지만, 캔이나 사료는
최소 금액 이상이어야 배송해주는 경우가 많아요. 저 같은 경우는 주식캔을
한꺼번에 많이 사지 않고 여러 가지를 골고루 사는 편이라 금액 맞추기
힘들 때가 있어요. 캐리어 없이 무거운 주식캔을 들고 다닌다는 것은 상상만
해도 지옥이네요. 처음 박람회에 캐리어 없이 갔다가 근육통으로 고생해봐서
잘 알아요. 주말에 아비규환 같은 박람회장에서는 물건을 사고 맡겨 둘 수도
없으니까 캐리어를 꼭 가지고 가셔서 자유로이 온 사방을 누비세요!
　　　또 차량을 가지고 오시는 분들도 많은데 박람회 내부에 있는 주차장은
대부분 가격도 비싸고, 굉장히 혼잡해서 들어오고 나갈 때 시간이 오래 걸려요.
도보로 이동할 수 있는 인근 공영주차장 정보를 미리 알아가시는 것도 많은
도움이 된답니다! 한 푼 두 푼, 아껴서 츄르라도 한 봉지 더 사는 것으로!

5. 일찍 일어나는 새가 벌레를 잡아먹는다:
대부분 이벤트는 점심시간을 피해 11시부터

—

입맛이 까다로운 데다 수시로 변하는 고양이를 만족시키는 사료를 찾기 위한 집사의 여정에 박람회의 사료 샘플링은 정말 소중한 기회죠. 대부분 샘플 증정 이벤트는 11시부터 시간별로 3회가량 진행되어요. 또 선착순 증정 혹은 참여 이벤트도 많이 있는데 그것도 11시부터 시작해서 수량 소진 시까지 진행되는 편이에요. 결국 일찍 가는 것이 진리인 것 같아요. 이것도 업체마다 조금씩 다르긴 하지만, 점심시간에는 이벤트가 없고, 업체 SNS에 수시로 정보를 올려 주기도 하니까 참고하세요.

6. 연차 사용의 미덕:
여유 있게 볼 것이라면 첫날인 금요일 강력 추천!

—

금요일부터 3일간 열리는 박람회를 기준으로, 직장인이 별로 없는 평일 금요일에 가는 것이 가장 여유롭고 좋아요. 내가 사고 싶은 물건들을 품절 걱정 없이 살 수 있고 줄을 서지 않아도 되거든요. 웬만한 이벤트도 다 참여하면서 볼 수 있어요.

7. 24시간이 모자라:
하루는 부족하다.

—

최근 고양이 관련 박람회의 트렌드가 이벤트+세미나+원데이 클래스
구성인 것 같아요. 요일마다 진행되는 프로그램도 조금씩 다르고요. 사실
몸뚱이가 하나인 이상 하루 만에 이벤트에 참여하고 세미나를 듣고 하는 건
불가능하고, 하루만 다녀오면 확실히 아쉬움이 남아요. 저는 주로 물품을
사러 가는 목적이 큰데, 충분히 샀다고 생각하고 집으로 돌아오는데도
불구하고 다음날에 사지 못했던 것들이 생각나서 또 가곤 해요.

8. 주인님은 편안한 곳으로 모시는 집사의 도리:
고양이는 두고 가자.

—

올해부터 많이 바뀌었지만, 작년만 해도 고양이를 데려와도 좋다는 박람회가
있었어요. 물론 고양이마다 차이가 있겠지만, 고양이는 환경변화에 민감하고
스트레스에 굉장히 취약한 동물이에요. 사람이 많아 붐비고 낯선 환경이
고양이에게 어떤 스트레스를 줄 수도 있고 잘못하면 잃어버리는 사고로
이어질 수 있어요. 고양이 물건 사러 왔다가 고양이 잃는 수가 생기니까
고양이는 꼭, 두고 가세요!

고양이 옆 집사 옆 사람

육아 육묘의

환상을 깨주마!

김선오

인터넷에 떠돌아다니는 사진이나 짧은 영상 중에 반려동물과 아기가 함께 있는 이미지는 언제나 반응이 좋지요. 강아지가 아기를 돌보는 것처럼 보이거나, 고양이와 아기가 같이 노는 듯 보이는 모습은 매번 사람을 설레게 합니다. 많은 사람이 반려동물과 아기를 함께 키우는 것을 로망으로 삼도록 만들기도 하고요.

하지만 이에 대해서는 여전히 설왕설래 말이 많습니다. 누군가는 반려동물이 아기의 정서 발달이나 면역력 증진에 도움을 줄 수 있다고 하고, 또 다른 누군가는 아직 어린 아기에게 반려동물이 위험할 수 있다고도 하죠. 돌쟁이 딸과 고양이 '김미영'을 함께 키우며 고투 중인 집사 옆 사람 김선오 님이 관련하여 현실을 적나라하게 전합니다.

자기소개를 부탁합니다.

현재 화학 회사에 다니고 있는 직장인 김선오입니다.
2013년에 결혼하여 2017년 3월에는 딸이 태어났어요.
임신 42주에 태어난 아주 건강한 아이를 둔 아빠입니다.
보통 아기는 엄마 뱃속에 40주 있다가 태어나는데
우리 아이는 2주를 더 있다가 나온 거죠. 미숙아의
반대말이 과숙아래요. 그래서인지 더 큰 귀여움을
보여주고 있습니다 ☺ 너무 아기 이야기만 했지요?
예쁜 아내 그리고 멋진 고양이와도 함께 살고 있습니다.

함께 사는 고양이를 소개해주세요 🐱

우리 집 고양이 '김미영'은 뱅갈 고양이에요. 고양이
품종은 잘 모르지만, 미영이 부모가 그 품종이라고
하니까 그런가 보다 했어요. 미영이는 2016년 7월 19일에
태어났고요, 10월 3일부터 같이 살기 시작했어요. 그날이
개천절이라 지금도 정확히 기억해요.

미영이 이름은 제가 지었어요. 언젠가 아내가 고양이를
키운다면 이름을 뭐로 하면 좋겠냐고 물어봤을 때,
제가 '고양이는 미영미영 하고 우니까 미영이라고 하자'고
말했거든요. 처음에는 근사한 외국어 이름을 고민하기도
했는데 입에 잘 안 붙어서 김미영으로 확정했어요.
사람들이 고양이 이름을 물어봐서 김미영이라고 답하면
꼭 한두 번씩 되묻곤 해요. 가끔 본명이 김미영인 사람을
만나면 약간 멋쩍기도 하고요.

미영이는 어떤 계기로 반려하게 되었나요?

아내가 이전부터 고양이를 키워보고 싶다고 했어요.
저는 안된다는 말을 잘 하지 않는 편이라 알겠다고 했는데
그러다 어느 날 갑자기 아는 집으로 새끼 고양이를
데리러 가자는 거예요. 아내가 건너 아는 부부가 뱅갈
고양이 암수 한 쌍을 자식처럼 키우고 있는데 새끼 본 지
얼마 되지 않아 또 새끼를 낳았대요. 원래 새끼를 한 번만
보고 회복되면 중성화 수술을 하려고 했는데 또 임신한 거죠.
그래서 그중 한 마리를 분양받아 키우게 되었어요.

저는 사실 그때까지 저는 고양이가 유도 배란을 하는지도
몰랐어요. 강아지처럼 생리하고 일 년에 한 번 정도
임신을 하겠거니 막연히 생각했는데 그게 아니라더군요.
암컷 고양이는 생리를 하지 않고 유도 배란을 하므로
새끼를 자주 가질 수 있는 거래요. 우리는 그런 기본적인
것도 잘 모르는 상태에서 덥석 고양이를 키우겠다고
한 셈이었어요 ☹

주 집사는 누구인가요? ☺

아무래도 고양이를 데려오자고 먼저 나선 아내죠. 아내는
워낙 누군가 만나러 다니길 좋아하고 활발한 성격이라서
임신하고 일을 쉬며 집에서 지낼 때 은근히 힘들어했어요.
그때 미영이가 아내에게 큰 위안이 되었죠. 아내가 임신
중기일 때 미영이는 갓 3개월 지난 새끼 고양이였으니
얼마나 사랑스러웠겠어요.

이제 키운 지 만 2년이 지났으니 아직은 둘 다 초보 집사에

가까워요. 아내가 처음에는 고양이 사료, 화장실과 모래, 스크래처 등 무슨 고양이용품이 이렇게 많고 비싸냐며 최소한으로 준비하겠다고 했는데, 이내 용품을 착착 사들이더라고요. 아내 말로는 고양이 집에 사람이 얹혀사는 듯 엄청나게 사들이는 집사들도 주변에 많은데 자기는 간소한 거래요. 그나마 미영이가 입이 짧고 아무거나 많이 먹는 고양이는 아니라서 그리고 아내가 아직은 냥덕후가 아니라서 다행인가 싶기도 해요. 반려한 기간으로 따지면 초보 집사지만, 아내가 글로 배운 정보로 보면 은근 만렙 집사 같아요. 진짜 만렙인지는 모르겠지만요 ☺

고양이 옆 집사 옆 사람으로서, 어떤 역할을 담당하고 있나요?

초반에는 고양이 화장실 청소를 담당했어요. 병원에서 이야기하길 고양이 대소변에 임산부에게 위험한 기생충이 있을 수 있다고 그랬거든요. 그런데 글로 고양이 반려를 배운 아내 말로는 고양이 응가로 공기놀이를 하지 않는 한 감염될 일은 크게 없다고 해서 그다음부터는 신경 쓰지 않았어요. 집고양이에게서 해당 기생충이 나오는 경우도 많지 않다고 하고요. 아내가 하루에 한두 번씩 고양이 화장실과 모래를 관리하니까 요즈음 제가 특별히 전담하는 일은 없어요. 집안일 자체도 누가 무언가 담당해서 하지는 않아서요. 저는 아내가 무언가 하라고 하면 일단 열심히는 하는 편이에요.

요새는 아내가 다른 일을 할 때 고양이가 아기를 해코지하는 일은 없는지 감시하고, 밤에 미영이와 같이 자는 일이 역할이라면 역할이랄까요. 아기는 침대에서

떨어질까 봐 아내와 거실 바닥에서 자고 저는 안방 침대에서
자는데 미영이가 밤잠은 안방 침대에서 자는 것을 좋아해요.
다른 때는 몰라도 잘 때는 제 옆에 눕더라고요. 자는
미영이를 쓰다듬으면 기분이 참 좋아요. 미영이도 좋아하는
것 같고요.

아기와 고양이, 같이 돌보기란 쉽지 않을 것 같아요.
실제로 일상을 함께하는 입장에서 어떠할지 궁금해요.

이전에 강아지나 고양이가 아기를 잘 돌봐주는 것처럼
보이는 사진이나 영상을 많이 봤어요. 저는 그 모습에
속으면 안 된다고 생각해요. 고양이든 강아지든 물론
귀엽지만, 맹수로 돌변하는 것도 한순간이거든요.
반려동물 보호자들이 '우리 애는 안 문다'라고 하는데
굉장히 위험한 생각 같아요.

아기와 고양이가 단둘이 있을 때는 시선을 떼지 말아야
해요. 미영이도 아기가 가만히 누워있을 적에는 옆에서
지켜보기만 했는데 아기가 기어 다니고, 걷고, 소리 지르기
시작하니까 가끔 무는 등 공격성을 보여요. 그럴 때 아내나
제가 적절히 막아서 참사를 피해야 하죠. 고양이와 아기가
한 공간에 같이 있을 때는 지금도 정신 바짝 차리고 있어요.

참 난감하고 어려운 상황이네요. 그럼에도 다 함께 살기 위해
여러모로 노력하고 있다고 들었어요.

사실 미영이가 처음 공격적인 모습을 보였을 때 저는
미영이를 어디 다른 데 갖다 줬으면 좋겠다고 얘기할
정도로 화가 났어요. 그런데 고양이도 우리 가족인데

고양이 옆 집사 옆 사람   062

어디로 보내느냐, 미영이가 다른 곳에서 적응을 못 하거나, 집을 나가 잃어버리면 어떻게 하느냐 아내가 많이 걱정하는 모습을 보니까 저도 괴롭더라고요. 어떤 이들은 아기가 고양이를 괴롭히지 않는지 물어보는데, 무서워한다면 모를까 꼬리를 잡아당기거나 때리는 행동은 절대 하지 않아요.

아내가 미영이의 습관을 고치려고 여러 집사의 민간요법을 배워와서 해봤는데 성공하지는 못한 것 같아요. 고양이가 물면 콧등에 꿀밤을 때려라, 분무기로 물을 뿌려봐라, 귀에 바람을 불어봐라 등의 방법들이었죠. 그래서 결국 전문가에게 도움을 요청했어요. 고양이 행동 교정으로 유명한 전문가를 찾아갔는데 결과적으로 여기서도 큰 도움은 받지 못했어요. 집사가 전하는 고양이의 성향과 행동만 듣고 방법을 말해준다는 면에서 그다지 믿음직하지도 않았고요. 저희로서는 꽤 부담스러운 상담 비용을 지출했는데 여러모로 답답했죠.

고양이 옆 집사 옆 사람의 한 마디-

우리 김미영은 정말 객관적으로 보아도 그 미모가 엄청나요. 외출했다 돌아오면 문 앞에 마중도 나오고 모르는 사람이 집에 와도 반갑게 맞아주는 개냥이에요. 예쁘고 다 좋은데 한 번씩 아기를 물 때는 정말 미치겠어요. 아기에게 상처가 남을까 걱정도 되고, 우리 고양이는 왜 이럴까 괴로워하는 아내를 보면 저도 마음이 아파요. 그래도 미영이는 우리랑 사는 편이 가장 행복하겠지 또 미영이가 나이를 먹고 아이가 미영이를 제어할 수 있을 만큼 더 크면 괜찮겠지 하면서 긍정적으로 생각하고 있어요.

'김미영'의 주 집사 권효진 님의 팁!

어느 누가 처음부터 고양이 습성을 알고 반려하기 시작했겠어요. 반려하다 보니 점점 알게 되는 것이죠. 이 몹쓸 습관이 어느 날 갑자기 생겼다고 생각하지는 않지만, 고양이는 훈련이 어렵다는 핑계로 미영이를 떠나보낼 수는 없어요 ☹

　　　보통 고양이가 어릴 때 사람을 살짝 물기만 해도 혼내고, 놀이로 생각하고 손을 무는 순간 모든 놀이는 끝났다고 냉정하게 돌아서는 것이 원칙이라고 해요. 그런데 원칙이란 지키기 어려우니 원칙이라고 부르겠죠. 저는 지금 전문가 상담을 통해 조언받은 3가지 방법을 실천하고 있어요.

1. 동물용 신경안정제

—

사람으로 치자면 우울증약 같은 거예요. 처음에는 약물이 비인도적인
방법인 것 같아서 망설이고 죄책감을 느꼈는데, 스트레스받는 고양이들이
많이 먹는다는 여러 수의사의 의견을 구하고 나서 조금 안심했어요. 하지만
약 먹이는 것도 정말 엄청난 일이에요. 알약 먹이느라 정말 고생했죠.
필건이라고 입안으로 알약을 넣는 주사기 모양의 도구가 있는데 우리
미영이는 그것이 입으로 들어오는 일을 허락하지 않아요. 그래서 알약을
열어서 내용물만 챠오 츄르라고 고양이들이 환장하는 간식에 섞여
먹이기도 해요. 슬프게도 제가 먹인다기보다 미영이가 제 노력을 긍휼히 여겨
먹어주신다는 느낌이 훨씬 강합니다.

2. 아기와 고양이의 공간 분리

—

제가 아기 옆에 항상 붙어있기란 어렵죠. 불안한 느낌이 든다면 아기와 고양이의 공간을 분리합니다. 그 불안한 느낌이란 직감에 가까워서 설명하기는 어렵지만 고양이 동공이 확장되고 귀가 뒤로 넘어가 있다면 의심해볼 만합니다. 전문가 의견으로는, 분리된 공간을 고양이 스스로 자기 공간으로 인식하게 하고 편안할 수 있게 해주라는데 미영이는 강아지처럼 방문을 긁고 애옹애옹 구슬프게 울고 난리에요. 사람이 아예 안 보이면 더 우는 것 같아서 요즘은 베란다로 공간을 바꿨어요. 그리고 미영이는 손잡이를 당겨서 방문을 열 수 있는 엄청난 놈이거든요.

3. 장난감으로 놀아주고 바로 간식을 주면서 사냥 욕구 충족

—

야생의 고양이는 사냥해서 먹고 그루밍하고 잠자는 일을 반복한대요. 집에 살게 된 고양이는 사료를 먹으니 공격 욕구를 충족하기가 어렵겠죠. 낚싯대 같은 장난감으로 놀아주고, 장난감을 잡으면 간식을 주어 사냥한 보람을 느끼게 해주는 게 좋다고 해요. 한동안은 최소한 15분 놀아주기 규칙을 지키려고 유난을 부렸는데 요새는 일이 많아 조금 소홀해졌어요. 그래서 임시방편으로 앞발로 건드리면 간식이 나오는 먹이 장난감을 사주었습니다. 역시나 영리한 미영이는 쏙쏙 간식만 잘도 빼먹고, 대신 사료를 잘 안 먹는 부작용을 겪고 있지만요.

그래서 무는 습관을 고쳤냐고 묻는다면, 아직 진행 중입니다. 이제 괜찮을까 싶으면 다시금 공격하려는 모습을 보이곤 하거든요. 누군가는 고양이가 5살만 되어도 철이 들어서 괜찮아질 거라며 시간이 약이라고도 하더라고요. 지금은 여러 방면으로 시도하고 좌충우돌을 겪고 있습니다만, 꼭 변화할 수 있도록 계속 노력할 거예요.

고양이 옆 집사 옆 사람

생명이니까,

있는 그대로
행복했으면

좋겠다는 마음

조순옥

우리가 부부로 혹은 부모 자식으로 만나는 인연처럼, 반려동물을 만나는 일도 어떤 운명으로 연결되어 있지 않을까요? 한편, 유난하게 생각하며 아끼는 티가 나야만 사랑일까요?

안타까운 사고로 고양이를 잃은 집사에게 찾아온 운명의 고양이 '깨'. 깨는 시골집 앞마당에 사는 마당냥이자, 동네를 자유롭게 돌아다니는 외출냥입니다.

안전제일주의 집사들은 고양이를 마당에 풀어 키우는 걸 이해할 수 없다고, 다시 돌아오지 못하면 어떻게 하느냐고 우려하기도 합니다. 하지만 고양이가 이미 적응한 환경 안에서 행복하길 바란다고 말하는 사람도 있지요. 깨의 집사 옆 사람, 조순옥 님의 이야기를 들어봅니다.

자기소개를 부탁합니다.

공기 좋은 가평에서 살며 남양주에서 작은 찐빵 가게를
운영하고 있어요. 원래는 수도권의 아파트에서만
살다가 애들 셋을 다 키우고 나서는 전원주택을
지어 살기 시작했지요. 여기 산 지는 이제 한 10년이
좀 넘은 것 같아요. 애들 아빠랑 저, 둘 다 젊었을
때부터 전원주택에 사는 게 꿈이었는데 어쩌다 보니
이루었네요.

차만 안 막히면 서울까지 30분이면 가니까 수도권과의
거리는 아주 가까워요. 그런데 사람들이 상상하는 것처럼
전원생활이 마냥 좋기만 하지는 않아요. 잡초도 자주
뽑아야 하고 겨울에는 땔감도 미리미리 준비해둬야 해요.
보일러에만 의존해서 난방하면 전기세가 엄청나거든요.

함께 사는 고양이를 소개해주세요 😺

'깨'라는 고양이와 3년째 살고 있어요. 사실 지금의 깨는
깨 2호에요. 우연히 새끼 길고양이를 키우게 되었는데,
이름을 깨라고 지어주고 같이 살았어요. 제가 주근깨가
많아 남편이 저를 '깨소미'라고 부르기도 하는데 거기서
고양이 이름이 나온 거죠. 고양이는 이전에 키운 적이
없었는데 깨는 그냥 마음이 갔어요.

그런데 하루는 아침에 애들 아빠가 놀라서 집으로
뛰어 들어왔어요. 차를 빼는데 바퀴 위에 깨가 앉아
있었나 봐요. 그걸 모르고 후진하다가 깨가 다쳤대요.
동물병원으로 급히 데리고 갔고, 다행히 크게 다친 곳은

없었는데 그다음부터 깨가 밥을 잘 먹지 않았어요.
시름시름 앓다가 깨가 죽었는데 그때 애들 아빠가 정말
많이 속상해했어요. 많이 미안했겠지요. 그 이후에 만난
고양이가 지금의 깨 2호에요.

고양이를 키우기 전에는 쭉 강아지를 키웠어요. 제일
먼저 키운 강아지는 '마누'라는 작은 말티즈였어요.
15년 정도 같이 살았으니까 오래 살았네요. 몇 년 전에
나이가 많아져서 자연스레 죽었어요. 다음 생에는
사람으로 태어나라고 빌면서 뒷산에 묻어줬지요. 황천강
건널 때 택시 타고 편히 건너라고 애들 아빠가 500원도
넣어줬어요.

지금은 마당에 블랙탄 진돗개 암수를 키우고 있어요.
수컷은 신정이, 암컷은 예쁜이에요. 고양이와 개가 서로
앙숙일 거로 생각하지만, 별로 그렇지도 않아요. 서로
다가가지도 않고 짖지도 않아요. 그냥 관심이 없거나
아마 식구라고 생각해서 그런 게 아닐까 생각해요.

깨 2호는 어떤 계기로 반려하게 되었나요?

집 가까이에 조그만 우리 텃밭이 있어요. 농사를 지으면
잡초도 뽑고, 대도 세워주고 해야 하니까 자주 가요.
하루는 애들 아빠랑 밭에서 일하는데 뒷산에서 고양이
한 마리가 내려오는 거예요. 깨가 죽은 지 얼마
안 되었을 때라 괜히 생각나서, '깨야'하고 부르니까
막 다가오더라고요. 우리 집에 가자니까 따라왔어요.
깨가 다른 모습으로 돌아왔다고 생각하면서 그때부터
같이 살기 시작했어요.

깨는 마당에서 살고, 여기가
시골이라 화장실이나
캣타워 같은 건 없어요.
어디 풀숲 가서 싸고
흙으로 덮고 오겠죠, 아마?
스크래처라 부르던가?
그런 거 대신에 나무에
올라가서 발톱도 갈고
그래요. 자연 캣타워네요 ☺

그리고 우리가
키운다고 하기는
어려운데
깨 친구가 있어요. 우리는 '남친'이라고 부르는
길고양이인데 우리 집에 와서 깨 사료도 먹고, 깨 집에
들어가서 자기가 누워있고 그래요. 우리 깨는 착해서
싸우지도 않고 그냥 같이 지내더라고요. 그래도 남친이가
잠은 딴 데 가서 자는 거 보면 자기 사는 집이 어디 있나
싶기도 해요.

주 집사는 누구인가요? ☺

개밥도 그렇고 고양이들 밥 챙겨주는 건 애들 아빠예요.
사료도 주고 가끔 캔도 따주고 해요. 원래 예쁘다고
내색하는 성격은 아닌데 매일 밥 주는 거 보면 식구라고
생각하는 것 같아요. 깨는 애들 아빠가 외출하면
막 따라가고, 집에 오면 차고 앞에 나가 있어요. '깨야'
부르면 어디선가 나타나기도 해요.

생명이니까, 있는 그대로 행복했으면 좋겠다는 마음

저는 가게 때문에 아침 일찍 나가서 저녁에 돌아오니까
깨를 볼 시간이 별로 없어요. 차 문이 열렸을 때
애들 아빠가 아니면 깨는 이 앞까지 왔다가도 그냥
휙 하고 뒤돌아서 들어가 버려요. 가끔 서운하기도 한데,
자주 보는 사람 그리고 밥 주는 사람이 역시 최고인가
보다 해요.

아, 남친이는 가끔 어디서 얻어터지고 올 때가 있어요.
다른 고양이들이랑 영역 싸움을 하는데 허구한 날
지는지 하루는 코와 입이 엉망이 되어 와서는 밥도
못 씹어 먹고 침만 줄줄 흘리더라고요. 애들 아빠가
설탕물을 만들어서 떠 먹여주고, 좀 나으니까 캔을 까서
주고 그랬어요. 저는 저러다 죽겠구나 싶었는데
애들 아빠가 살려 놓았지요.

혹시 깨와 관련하여 기억에 남는 일화가 있다면 들려주세요.

남친이도 드나들고, 깨의 배도 점점 불러와서 우리는
새끼를 가졌다고 생각했어요. 잘해줘야겠다 싶어서
캔도 특식으로 사 먹이고 그랬는데 아무리 지나도
새끼가 안 나오는 거예요. 그냥 살찐 거였나 봐요.
남친이는 중성화하지 않은 걸 확실히 알겠는데,
깨는 암컷이라 중성화를 했나 안 했나 눈으로 확인하기
어려워요. 아마 깨는 이전에 누가 키우던 고양이고
또 중성화 수술도 시켜줬나 싶기도 해요.

고양이와 함께 살아서 좋은 점 또는 어려운 점은 무엇인지
궁금해요.

진짜로 쥐가 없어요. 깨가 쥐를 잡아먹는 걸 본 적은
없는데 마당에 쥐가 안 보여요. 아마 쥐들은 고양이 소리만
들어도 본능적으로 도망가야지 하나 봐요. 신기해요.
너무 추울 때는 깨를 집안에 들여놓기도 하는데 털이 많이
빠지는 건 아무래도 좀 불편하죠.

고양이 옆 집사 옆 사람의 한 마디-

살면서 보니까 고양이를 싫어하는 사람들이 의외로
많더라고요. 정도 없고 무서운 동물이라면서요.
그런데 생명이잖아요. 저는 고양이라서가 아니라
생명이니까 그래도 사는 동안은 행복했으면 좋겠어요.
가게 뒷마당에 어미가 버리고 간 새끼 고양이
다섯 마리에게도 밥을 주고 있는데 예뻐서 거뒀다기보다는
내가 최소한 할 수 있는 만큼은 해주고 내 복을 짓자는
마음이에요. 우리는 텔레비전에 나오는 집사 뭐 그런 건
잘 몰라요. 사는 동안 같이 행복하게 잘 살고, 죽으면
다음 생에 좋은 인연으로 또 만나면 좋겠다고 생각해요.

'깨'의 주 집사 권오준 님의 팁! ☺

1. 한 번씩 털 속 진드기를 잡아줍니다.

—

풀숲을 누비면서 온몸에 진드기가 붙어서 돌아옵니다. 깨의 털 사이사이에 쌀알만한 진드기가 숨어 피를 빨고 있어요. 아예 없애기는 어려워도 가끔 톡톡 잡아주세요.

2. 외출 후 몸에 상처가 없는지 확인해봅니다.

—

고양이는 영역 동물! 그래서 싸우고 올 때가 있어요. 어디 다친 곳은 없는지 보고, 심하면 약을 발라주거나 동물병원에 데리고 가주세요. 깨의 남친고양이처럼 싸우고 와서 엄청나게 다치면 감염으로 목숨이 위험해질 수도 있어요. 만약 다쳤다면 꼭 상처를 소독해주고 무언가 먹을 수 있도록 집사가 도와주세요.

만약, 당신의 고양이가 외출을 한다면?
외출냥 깨를 위해 집사가 실천하는 최소한의 도리를 공유합니다.

3. 모기가 많은 여름에는 심장사상충 약을 발라줍니다.

—

개나 고양이에게 위험하다는 심장사상충은 모기가 옮겨요. 처음 들었을 때는
심장사상충이 질병 이름인가 했는데, 그 자체로는 기생충을 뜻한다고
하더라고요. 심장사상충이 있는 동물을 문 모기가 또 다른 동물을 물면 그때
유충이 옮으며 감염되는 식이에요. 만약 고양이가 외출이 잦다면 모기 물릴
확률이 높은 여름에는 목덜미에 심장사상충 예방약을 발라주세요. 먹이는
약보다는 바르는 형식이 더 편하더라고요.

　　　어디서 주워들은 바로 인해 심장사상충은 감염되는 죽는 불치병이라
매달 약을 발라주어야 하는 거로 잘못 알고 있었어요. 고양이가 심장사상충에
취약하다고는 하는데 한편 몸 안에서는 심장사상충이 빨리 죽는 편이래요.
그래서 만일 감염된다고 해도 무조건 죽게 될 만큼 치명적인 것은 아니라고
해요. 약이 생각보다 비싸기도 하고, 실제로 그렇게 쉽게 감염되지는 않는다고
하니 예방 차원으로 주로 모기가 많은 철에 한두 번쯤 약을 발라주면 좋을 것
같아요.

일곱 마리와 함께

둥개둥개

오석근

반려동물은 누군가에게는 그냥 짐승일 수 있지만,
또 누군가에게는 소중한 가족 구성원입니다.
각자 다른 삶을 살아온 두 사람이 만나 인생을
함께하기로 결정했다면, 상대방 가족의 일원인
반려동물도 받아들일 수 있을지 충분히
고민해보아야 하지 않을까요?

'보리, 방울, 힘찬, 라이카, 구보, 이상, 세나'는
아내 고경표 님이 결혼 전부터 키우던
고양이들입니다. 분명 결혼은 아내 한 사람과
했는데 딸려 온 일곱 마리의 고양이들까지, 아홉의
대식구가 되었지요. 집사 경력 17년 차인 아내와
함께 살다 보니 집사 옆 사람 오석근 님은 어느새
고양이가 하는 말까지 알아듣는 경지에 올랐습니다.

자기소개를 부탁합니다.

고향인 인천을 거점으로 활동하는 예술가 오석근입니다.
주로 사진 작업을 하고 대안적인 삶을 위해 다양한
예술 활동을 병행하고 있어요. 큐레이터인 아내 그리고
아내가 결혼할 때 데리고 온 일곱 마리의 고양이들과
함께 살고 있습니다.

함께 사는 고양이를 소개해주세요 😿

총 일곱 마리니까 이름과 나이만 나열해도 엄청나네요.
보리(터키쉬앙고라, 17살), 방울이(코리안숏헤어, 10살),
힘찬이(코리안숏헤어, 10살), 라이카(코리안숏헤어, 8살),
구보(코리안숏헤어, 4살), 이상(코리안숏헤어, 4살),
세나(코리안숏헤어, 3살)입니다.

고양이 저마다 이름에 사연이 있는데,
특히 턱시도 고양이 라이카에게 얽힌
이야기가 유독 제 기억에 남아요.
한 캣맘이 길을 지나가다 골목 구석에서
남자 두 명이 새끼 고양이 두 마리를
학대하는 모습을 봤대요. 던지고
라이터 불로 꼬리를 태우며 괴롭히고
있었다고 하더라고요. 그 자리에서 캣맘이 바로
구조한 고양이가 '라이가'예요. 당시 같이 괴롭힘을
당하던 치즈 고양이는 도망쳐서 찾을 수가 없었대요.

그 캣맘은 꼬리에 화상을 입은 라이카를 동물병원에
데리고 갔고, 그곳에서는 식별하기 쉽게 그냥

'라이타'라고 불렀다고 해요. 그 아이를 임시 보호하게 된 아내는 상처로 남을 '라이타'라는 슬픈 이름 대신에 처음 만난 그 순간 바로 '라이카'라고 이름을 붙여 주었어요. 라이카는 최고의 카메라 브랜드 이름이기도 한데, 제가 사진 작업을 해서 그런지 이 이름이 참 특별하게 느껴졌어요.

어떤 계기로 고양이를 반려하게 되었나요?

저와 아내 그리고 일곱 마리 고양이까지 이렇게 아홉의 대식구가 사는 지금 집은 원래 제가 혼자 살며 작업하던 공간이었어요. 결혼 이후 반려하는 고양이 수가 서서히 늘어난 것 아니냐고요? 아닙니다. 일곱 마리 모두 아내가 결혼 전부터 본가에서 돌보던 고양이들이었어요. 다 같이 살게 되리라 짐작은 했지만, 순식간에 대가족이 되고 나니 처음에는 당황스러웠습니다.

사실 처음에는 반려동물 자체에 대해 아무 생각이 없었어요. 집사인 아내가 좋아하니까 저도 호감을 갖고 친해지려 노력했는데 막상 고양이와 어떻게 소통해야 하는지 잘 몰랐어요. 언어가 통하는 사람과도 그 어렵다는 것이 소통인데 고양이와는 처음에 당연히 어려웠죠. 오랜 경력을 자랑하는 베테랑 집사인 아내가 고양이와 소통하는 방법에 대해 자세하게 설명해주었고, 하나둘씩 배워가면서 친해지게 되었습니다. 이제는 저도

고양이가 울거나 소리를 내면 무슨 말을 하는지 웬만하면 다 알아듣는 경지로 올라섰습니다 😊

그럼 주 집사는 부인이라 할 수 있겠네요. 😸

그래도 고양이가 많으니까 나름의 장점이 있어요. 절 좋아하는 고양이 무리와 부인을 좋아하는 고양이 무리가 있다는 거예요. 저를 좋아하는 고양이가 3 정도로, 비율이 한 3:4인 것 같아요. 그런데 다들 잠자리는 아내 옆을 더 좋아해요. 제 옆에서 자는 고양이가 두 마리라고 한다면, 나머지 다섯 마리는 아내 옆에서 자겠다며 자리 때문에 가끔 싸우기도 하고 그래요.

일곱 마리의 고양이와 함께하는 일상은 어떠할지 궁금해요.

먼저 고양이가 무언가 조르는 모습에 익숙해져야 합니다. 밥을 달라며 잠든 얼굴을 때리고, 수도꼭지에서 물을 틀어달라, 만져달라, 무릎에 올라오고 싶다 등등 자꾸 조릅니다. 또 각종 테러에도 의연한 태도가 필요합니다. 가장 강력한 불만 표출 수단인 오줌과 똥 테러가 발생하기도 하고, 말리려고 널어둔 팬티와 양말이 사냥당할 때도 있어요. 사람 배에 올라타서 정복하는 것은 귀여운 편에 속하지요.

혹시 고양이 관련하여 기억에 남는 일화가 있다면 들려주세요.

아내랑 다투다가 아내가 저를 살짝 때렸는데 17살 고령의 보리가 아내를 깨물었던 적이 있어요. 평화주의 고양이 보리 만세! 😊 또 언젠가는 아내와 큰 목소리로

아웅다웅하니까 구보가 우리 중간에 서서 양쪽에 대고 야옹야옹 소리쳤던 적도 있어요. 고양이 말을 어느 정도 알아듣는 저의 해석으로는 시끄러우니 조용히 하라는 뜻이었습니다.

그리고 이건 재미있다기보다는 슬픈 일화인데, 동갑내기 고양이 구보와 이상이 어릴 때 제 작품 몇 점을 발톱으로 쫙쫙 긁었던 적이 있어요. 고양이들은 발톱 긁는 행위를 하기에 집사들이 보통 골판지로 만든 스크래처를 집에 두는 편이에요. 구보와 이상은 제 작품을 스크래처로 삼았던 거죠 😞 제가 다시 인화할 수 있는 사진 작업을 하기에 망정이지, 유일무이한 회화 작업을 하는 작가였더라면 오랜 시간 공들인 작업이 한순간 날아갈 뻔했던 거지요.

고양이 옆 집사 옆 사람의 한 마디-

사람이 각양각색이듯 모든 고양이에 저마다의 영혼이 있어요. 또 현재에 충실하면서도 게으른 모습이 순수하고 귀여워요. 참, 그리고 털이 많아서 나이를 많이 먹어도 그다지 티가 나지 않는다는 면이 그들의 장점인 것 같아요. 부럽죠. 인간도 고양이처럼 전신이 수북한 털로 뒤덮여 있다면 늙어도 티가 나지 않아 좋을 것 같다는 상상을 해봅니다.

일곱 마리와 함께 둥개둥개

세 마리 노묘를 모시는 주 집사 고경표 님의 팁!

고양이는 만 6세가 넘으면 슬슬 노령으로 간주해요. 그래서 시중에 판매되는 사료를 보면 0~1세는 키튼 사료, 1~6세는 일반 성묘 사료, 그리고 7세 이상을 위한 사료로 나뉘기도 하죠. 첫째 보리는 17살이고 둘째인 방울이와 힘찬이는 둘 다 10살이니 완전한 노묘들이에요. 새끼 때부터 지금까지 건강하게 살 수 있었던, 비결이라면 비결이고 어쩌면 기본에 충실한 노묘와의 공생 팁을 소개합니다.

1. 어려서부터 몸에 좋은 것을 먹이니 확실히 늙어서도 건강이 좋은 편이다.

2002년에 처음 보리를 반려할 때는 주변에서 지금처럼 고양이를 많이 키우지 않았어요. 그러다 보니 지금보다는 확실히 정보량이 부족했지만, 그때도 고양이 키우는 사람들이 모여 서로 정보를 공유하는 인터넷 카페는 있었죠. 거기서 열심히 공부하고, 부지런히 해외사이트를 뒤지면서 고양이에게 좋다는 영양제, 최고급 사료는 다 사서 먹였어요. 고양이를 위한 생식도 시도했었고요. 고양이 생식과 관련한 비공개 카페가 있는데 아무나 받아주는 그런 곳이 아니었어요 ☺ 처음에는 거기서 레시피를 보고 만들어 먹이다가 나중엔 힘들어서 주문해서 먹였죠. 보리, 방울이, 힘찬이 어릴 때는 정말 극성떠는 집사였던 것 같아요. 하지만 그 덕분인지 고양이들 기본 체력이 좋아져서 나이 먹어도 덜 아픈 것 같다는 생각이 들어요. 지금은 일곱 마리를 반려하고 있어서 간식까지는 못 챙겨줘도 사료만은 최고급으로 3개월마다 종류를 바꿔가며 먹이고 있어요. 캣타워 같은 가구류, 다양한 간식류, 모래 같은 위생용품류 등 집사가 고양이를 위해 한 가지씩 힘을 팍 주는 부분이 있다면 저는 사료라고 할 수 있겠네요.

건강하고 행복하게 노묘 모시기
노묘와의 건강한 공생 노하우를 소개합니다.

2. 일 년에 한 번은 꼭 건강검진을 받는다.

—

사람도 나이 들수록 해마다 건강검진을 받듯 고양이도 그러는 편이 좋아요.
고양이들은 아파도 아프다고 잘 내색하지 않아서 상태가 악화된 후에
발견되는 경우가 많거든요. 그러면 치료비가 많이 드는 것은 물론이고
완전히 다 낫지 않을 확률이 높아져요. 저는 10년 이상 된 고양이들은 매년
혈액검사를 포함한 건강검진을 받도록 해요. 소 잃고 외양간 고치지 말고
건강은 건강할 때 지켜줘야 해요. 집사 자신의 건강도 같이 지키시고요,
쿨럭쿨럭.

3. 하루 최소한 30분은 빗질을 해주면서 온몸 구석구석을 만져본다.
—

고양이를 반려하면 집안에 고양이 털이 날리니까 많은 집사가 죽은 털을 조금이라도 미리 제거해볼까 하는 마음으로 빗질을 해주지요. 하지만 집사의 빗질에는 그 이상으로 중요한 임무가 포함되어 있습니다. 바로 고양이를 구석구석 만져보면서 상처가 생기지는 않았는지, 불편한 곳은 없는지 살펴볼 기회가 되기 때문이죠.

　　　우리 집을 예로 들어보면, 3살이 된 막내 세나가 10살 방울이의 꼬리를 자꾸 공격해서 방울이 꼬리에 심한 상처를 입은 적이 있어요. 꼬리 부분이라 육안으로 쉽게 찾기 어려웠는데 빗질을 해주면서 발견했고, 상처가 심하게 덧나기 전에 치료할 수 있었어요. 만약 고양이들끼리 놀다가 생긴 작은 상처를 발견하면 사람이 바르는 마데카솔 같은 연고를 발라줘도 괜찮아요.

+ 하나 더! 혹시 털 날림도 싫고 빗질도 귀찮다고 고양이 털을 밀어야겠다고
생각한 집사들 계신가요? 특히 장모종은 더위를 타니까 펫샵에서 털을
밀어달라고 하는 분들도 있더라고요. 고양이는 강아지와 달리 예민하여
스트레스도 잘 받을뿐더러 반항도 몹시 심해요. 그냥 막 털을 밀려고
하다가 살갗에 상처가 날 수도 있어요. 그게 무서워서 전신마취를 시키고
미용을 감행하는 경우도 있는데 그러다 마취에서 깨지 못하는 고양이들도
있습니다. 사실 모든 마취는 미리 혈액검사를 통해서 고양이가 마취제로 인한
쇼크를 일으키지 않을 상태인지 확인한 후에 시술해야 해요. 정말 꼭 털을
밀어야 한다면, 고양이가 가장 익숙한 환경에서 깊은 유대감을 쌓은 집사가
조심스럽게 밀어주는 것이 좋다고 생각해요.

고양이 옆 집사 옆 사람

같이 살지만

내게는
오지 않는

고양이 관찰기

임경민

상당히 낮을 가리는 고양이가 그나마 유일하게
곁을 허락하는 사람이 집사인 상황에서, 집사가
근무 시간이 불규칙하여 자주 집을 비운다면
집사 옆 사람은 어떻게 하면 좋을까요?

집사인 동생 대신 최소한의 집사 임무를 수행해야
했던 집사 옆 사람 임경민 님을 만났습니다.
고양이 '몽이'에게 잘해주지 못하는 것 같아
미안함을 느끼며 자책하는 집사를 안타까워하기도
한편으로는 몽이 덕에 기운을 다시금 얻는 집사를
대견하게 생각하는 언니의 마음이 느껴졌습니다.

자기소개를 부탁합니다.

함께 살던 고양이와 그 집사인 동생을 지방으로
보내고 광적인 인스타그램 랜선 집사로 지내고 있는
임경민이라고 합니다. 기본적으로 동물을 좋아하는
편이에요. 개털 알레르기가 있는데도 어릴 때 어딘가에서
자꾸 강아지를 얻어다가 집에 데리고 가서 엄마가
몇 번이고 몰래 다시 데려다주었던 적이 있어요.
고양이는 무섭다는 편견이 있었지만, 친구네 고양이를
만진 이후에도 알레르기 반응이 나타나지 않아서
고양이를 더욱 좋아하게 되었어요. 하지만 정작 같이
살았던 고양이는 곁을 허락해주지 않아 제대로 만지지도
못하고 질척대기만 한 사이버 고양이 러버입니다 ☹

함께 살았던 고양이를 소개해주세요. 🐱

올해 7월로 네 살이 된 치즈색 고양이 '몽이'는 제 동생이
데리고 왔어요. 동생은 집사 같지가 않고 뭐랄까,
부모님을 대신하여 늦둥이 막내를 건사하는 형제 같은
느낌으로 몽이와 지냈어요. 고양이가 세 살쯤 되면 같이
사는 인간에게 조금 무심해지고 예민함도
줄어든다는 말은 몽이 경우에는 사실이
아니었어요. 동생이 몽이 발톱 깎기를
포기했을 정도로 몽이는 하기
싫은 것을 할 때 포악해져요.
그런데 또 병원을 가면 세상
얌전하게 구는, 가족에게만
성격의 바닥을 드러내는
사춘기 고양이입니다.

몽이는 어떤 계기로 반려하게 되었나요?

저나 동생은 기본적으로 감정 기복이 있는 편이에요.
요즘은 누구와도 연락하고 싶지 않다고 얘기하면
그 기간은 서로를 찾지 않고 기다려주는 것이 기본이
되었을 정도죠. 혼자만의 시간 자체를 즐기기도 하는
저로서는 반려동물과 함께하는 삶에 대해서 나이가
들수록 조심스러워지고 있었어요. 반대로 동생은 어딘가
애정을 쏟고 싶다고 했어요. 때마침 제 회사 동료가
구조한 길고양이가 출산하게 되어 새끼 고양이를 입양할
의사가 있는 사람을 찾던 중이었죠. 저는 당시에 어쩐지
운명적인 타이밍이라고 생각했고, 새끼 고양이 한 마리를
얻어 동생이 키우게 되었어요.

원래는 동생과 따로 살다가 집을 합치게 되었는데 몽이도
자연히 한집에 같이 살 줄 알았어요. 그런데 계약 바로
전날에 집주인이 얼마 전 건물에서 반려동물 때문에
큰 다툼이 있었기에 키우면 안 된다고 하는 거예요.
서로 각자 살던 집의 계약이 모두 종료되었고, 이사를
되돌릴 수 없는 상황이라 결국 몽이의 임시 보호를
부탁하는 수밖에 없었어요. 몽이 어미를 돌보던 예전
동료의 지인에게 1년간 맡겼다가 집주인이 잊었을 즈음
몰래 데려왔답니다. 저는 그 이후로 15개월 정도 함께
살았고 현재 동생은 몽이와 함께 다른 지역으로 이사를
갔어요.

주 집사인 동생은 어떤 분인가요? 😺

사실 동생이 몽이를 입양하게 한 일이 정말 잘한 것인지

확신이 서지 않았어요. 당일에 갑자기 자신 없어 하는
동생에게 그렇게 순식간에 의견을 바꾸면 어떻게 하냐고
나무랐어요. 하지만 동생은 몽이를 만나서 정말 기뻐했고,
어쩔 줄 몰라 하며 좋아했기 때문에 괜찮으려니 막연히
생각했어요. 집사인 동생이나 저 둘 다 고양이 무식자이던
시절이고, 우리 곁으로 온 이 고양이가 얼마나 특별한지
모르던 때였어요. 부르면 대답하거나 다가오고,
이마 박치기를 하며 오매불망 집사를 바라보는 것이
고양이의 기본적인 성향이라고 생각했어요.
낯선 사람에게만 도도하고 날카롭겠거니 여겼죠.
완전히 잘못된 생각이었어요. 고양이와의 감정교류
그리고 유대관계 형성이 얼마나 중요한지, 고양이가 가진
개성이 얼마나 다양한지 이해하지 못했던 탓에 동생의
좋아죽겠으면서도 미칠 것 같은 날들이 시작됐어요.

방음이 잘되지 않아 옆집 눈치가 보이는 원룸에서
심야에 울거나, 말릴 수 없게 우다다다 뛰는 몽이의
격렬한 행동은 서비스직에 종사하는 동생의 고단함을
증폭시켰어요. 또 동생은 몽이와 시간을 보내기 위해
주5일 근무하고 밤에는 가능하면 일하지 않는 직장을
구하려고 애썼어요. 그 과정에서 긴 백수의 시간을
보내야만 했지요. 가끔 너무 지쳤을 때는 낮에 몽이를
두고 나와서 혼자 시간을 보내곤 자책하기도 했어요.

몽이를 만나지 않았으면 좋았겠다고 생각하는 것이
아니라, 여건을 더 고려했어야 한다고 생각해요. 동생이
엄청나게 지쳤을 때도 몽이를 통해 일어설 힘을 얻고
사랑을 항상 마음에 품게 되어서 다행이다 싶으면서도,
마음만큼 잘해주지 못하는 자기 자신 때문에

괴로워할 때면 그 모습이 예쁘기도 하고 측은해요.
만약 몽이가 몸이 아파 먼저 떠나게 되면, 자기가 더
잘 보살피지 못해서 빨리 가버리면 어쩌냐며 울곤 하는
동생이 안쓰럽고요.

그래도 늦은 밤 옆방에서 세상에서 가장 다정한 말투로
몽이와 꽁냥꽁냥 거리며 깔깔 웃는 동생을 보고는
깜짝 놀랐어요. 자매로 지낸 수십 년 동안 제게는 한 번도
쓰지 않은 말투거든요. 새벽 5시만 되면 밥 내놓으라고
칭얼대며 괴롭히는 몽이를 위해서 출근 전 단잠을
포기하고 짜증 게이지 1300%를 이겨내며 매일 그릇을
씻어서 밥과 물을 다시 채워주는 부지런함, 화장실을
치우지 않으면 성질을 피우는 몽이를 위해 저녁에
퇴근하면 가장 먼저 화장실에서 감자 같은
소변 덩어리와 맛동산 과자 같은 응가를 치우는
성실함을 보면 정말 대단하다고 생각해요.

몽이와 함께 살면서 서운한 점이 많았다고요.

집사인 동생보다 몽이에게 서운했죠. 동생이 지방으로
이사하고 사정이 있어서 약 100일 정도 저랑 둘이서
살았어요. 동생과 살 때는 그러려니 했는데 둘이 사는
동안에도 몽이는 제가 귀가했을 때 딱 5초 정도만,
그것도 특정 부위만 만지도록 허락했어요. 평소에 제가
만지려고 하면 물려고 하는데 동생은 제가 겁을 먹어
그런 것이지 일단 한번 물리고 나면 괜찮을 거라고
했어요. 하지만 몽이는 그렇게 만만한 녀석이
아니었어요. 두어 번 피를 봤지만 소용이 없더라고요.
동생의 영역 그 밖에 제가 있다는 것을 명시하듯이

정확히 선을 그었어요. 그 좋아하는 츄르를 꺼내 들어도 결코 와서 비비는 법이 없었어요. 이름도 두세 번 이상 부르면서 귀찮게 하면 일단 벽을 마주 본 채 도를 닦기 일쑤고 마주 보더라도 제 몸의 중심에서 반드시 1m의 거리를 유지했답니다. 야생에서 내셔널 지오그래픽 사진가가 관찰카메라를 찍어도 100일이면 어떤 동물과도 그것보단 가까워졌을 거예요, 칫.

고양이 옆 집사 옆 사람의 한 마디-

집사의 옆 사람이 될지도 모르는 누군가에게 이야기하자면, 면밀한 분석이 선행되어야 합니다. 주로 고양이를 돌볼 집사의 성향도, 일반적인 고양이의 성향도, 우리가 데려올 고양이의 성향도 다 분석해보아야 해요. 다 잘 맞고 다 괜찮을 때만 고양이와 함께하는 삶을 선택하기란 불가능하다는 것을 압니다. 하지만 수없이 벌어질 돌발사태에 대해서, 생명을 책임진다는 의미에 대해서, 내 사정과 무관하게 안정적인 돌봄이 이루어져야 한다는 사실에 대해서 먼저 숙고해보고 고양이와 함께 살 것을 결정해야 고양이도, 집사도, 옆 사람도 서로의 존재에 더 깊이 감사할 수 있어요.

유명한 시구절이 있잖아요. 정현종 시인이 '방문객'에서 "사람이 온다는 건 실은 어마어마한 일"이라고, "한 사람의 일생이 오기 때문"이라고 이야기했지요. 사람에게만 해당하는 이야기가 아니라는 생각이 들어요. 고양이 일생이 온다는 것은 곧 내 삶의 일부가 되기도 하지만, 그보다도 삶의 방식을 송두리째 바꾸는 정말 어마어마한 일이더라고요. 너무 힘들어도

이를 이겨내면서 그 존재를 여전히 혹은 더 사랑하게
된다는 것은 어쩌면 사람이 오는 것보다 더 큰일일지도
모르겠어요. 저도 이런 생각을 과거에 더 깊이 했더라면
몽이를 더 많이 사랑했을 텐데요.

집사 말이 몽이는 사람 발소리가 들리면 매번 문을 한참
쳐다보고 있었대요. 그 말을 들으면서 몇 번 더
물리더라도 조금 더 질척거려볼 걸 후회했어요. 후회
때문인가 저는 점점 더 심각한 랜선 집사가 되어가고
있어요. 조금 덜 아프고 조금 더 규칙적으로 살 수 있을
때가 되면 몽이의 사촌 고양이를 만나 고양이 옆 집사
옆 사람이 아니라 그냥 고양이 옆 사람이 되겠지 하고
마치 당연히 올 저의 미래처럼 고양이 반려를 생각하고
있습니다.

'몽이'의 100일 집사 임경민 님의 팁! ⊹

1. 물을 잘 마시지 않는 고양이가 걱정된다면

—

고양이는 신장이 약한 동물이라고 해요. 그래서 신선한 물을 잘 마셔야
한다고 글로 배웠어요. 만약 고양이가 물을 너무 안 마셔서 걱정될 때는 물에
좋아하는 간식을 타서 줍니다. 원래 먹던 그릇 말고 흥미를 유발하는 새로운
그릇에, 기존 밥과 물그릇 자리 말고 다른 곳에 놓아주는 것이 좋다더라고요.
몽이는 정말 물을 적게 마셔서 저는 꼭 물에 챠오 츄르를 타서 줬어요.
싹싹 다 비운 그릇을 보면 안심이 되곤 했습니다.

2. 헤어볼 토하는 모습에 겁먹었다면

—

고양이는 혀로 그루밍이라는 것을 하는데, 혀 표면의 갈퀴가 빗의 역할을 해주기도 하지만 그만큼 먹는 털의 양도 상당해요. 먹을 게 아닌 걸 먹었으니 토할 수도 있죠. 그 털 뭉치를 헤어볼이라고 하는데 가끔 양이 많거나 소화가 되지 않아서 토하는 일도 있어요. 그 소리를 혹시 처음 듣는다면 너무 놀라지 마세요. 저는 처음에 그 소리에 몸이 얼어서 문 뒤에서 꼼짝도 하지 못하고 울 뻔했어요. 어디가 갑자기 많이 아픈 줄 알았거든요.

　　　몽이는 헤어볼을 정말 간만에 한 번씩 토하는데 그만큼 길게 토하고 소리도 무서워요. 제가 지켜보는 걸 싫어하는 티가 역력히 나고 눈이 마주치면 참는 기색을 보여요. 그래서 헤어볼을 토할 것처럼 꾸룩꾸룩 역으로 밀어 올리는 근육의 움직임이 보이면 저는 다른 일을 하러 가는 척하면서 휴지를 가지러 가요. 토해낸 헤어볼의 흔적을 재빨리 샤샤샥 정리한 후 다정한 말로 대화를 시도해봅니다. 물론, 그 역경을 겪은 후에도 생각만큼 우리의 거리가 줄지는 않습니다만 노력은 해봅니다.

3. 집사 외의 사람을 낯설게 느끼는 고양이, 불안감을 해소해주려면

—

불안한 고양이에게 가장 좋은 것은 역시 집사이지만, 그럴 수 없다면 고양이가 애착 갖는 것을 파악하고 준비해주세요. 예를 들면 저와 지내는 동안 몽이를 잘 살펴보니까 담요를 좋아한다는 것을 발견했어요. 다양한 담요를 몇 차례 바꿔 주면서 좋아하는 담요를 고를 수 있게 했어요. 특히 마음에 드는 담요를 발견하면 그 담요에 앞발로 자주 꾹꾹이를 하더라고요. 그 담요가 좀 부러웠다는 건 비밀입니다.

고양이 옆 집사 옆 사람

실험냥 윌슨의

집사가 되기까지

한율

실험용 동물이라 하면 아마 실험용 흰 쥐를
대부분 가장 먼저 떠올릴 겁니다. 대부분 쥐나
햄스터 같은 설치류를 실험에 사용하기는 하지만
때에 따라 개나 고양이가 이용되기도 합니다.
그런데 안타깝게도, 실험이 끝나면 오갈 데가
사라지는 실험용 동물들을 입양할 수 있는
공개적인 창구가 그렇게 많지는 않은 실정입니다.

'윌슨'은 고양이 관련 동물 실험에 이용된
실험체였습니다. 한율 님은 공식적인 입양 홍보가
아니라 지인의 소개로 실험이 끝나가던
이 고양이를 알게 되었고 까다로운 절차를 거쳐
입양하게 되었습니다. 윌슨의 집사 옆 사람에서
온전한 집사로 거듭난 셈이지요. 어쩌면 진정한
의미의 집사라는 점에서는 윌슨의 첫 집사라
불러도 좋지 않을까요.

자기소개를 부탁합니다.

2016년 7월부터 집사 생활을 시작한 2년 차 초보 집사
한율입니다. 지금은 집안에서는 두 마리의 고양이를
반려하고 있고, 집 마당에서는 때에 따라 최소
두 마리에서 최대 열두 마리까지의 길고양이 밥을
챙겨주고 있어요. 아픈 고양이를 발견하면 동물병원에서
약을 지어 먹이기도 해요.

함께 사는 고양이를 소개해주세요 🐱

먼저 첫째 '산쵸'는 2년 2개월 된 코리안숏헤어
고양이에요. 무더운 여름날 집 마당 앞 보도블록에서
햇볕을 쬐려고 힘겹게 기어가는 아주 작은 새끼 고양이를
발견했어요. 태어난 지 이틀 정도밖에 되지 않아서
아직 눈도 못 뜬 새끼였는데 어미에게 버림받아 체온이
떨어지는 상황이었죠. 동물병원에 데리고 갔을 땐 한 달을
넘기지 못할 거라고 했지만, 동생이 지극정성으로
돌보고 거의 매일 병원에 다니며 상태를 지켜본
결과 지금까지 잘 살고 있어요. 동생이
이야기하길, 그 작고 여린 새끼 고양이가
견뎌낸 환경이 마치 선인장이 자라는
사막 같지 않냐며 멕시코 느낌이
나는 이름을 붙이면 어떻겠냐고
제안했어요. 그래서 '돈키호테'에
등장하는 산쵸에서 이름을 따왔죠.

둘째 '윌슨'은 원래 연구실 소속인 실험체
고양이였어요. 나이는 1살이 조금 넘었고,

품종은 아메리칸숏헤어 종류에요. 윌슨은 1년간
임시 보호한 이후에 정식으로 입양한다는 계약서를
작성하고 데리고 온 아이예요. 혹시
톰 행크스가 나오는 '캐스트 어웨이'라는
조난 영화 아세요? 주인공이 무인도에 4년 동안
고립되어 지내다가 탈출하는 이야기예요.
연구실에 남아 있는 고양이들의 삶과
또 매달 한 번씩 연구실로 돌아가 검사를
받아야 하는 윌슨의 상황이 꼭 이 영화와
비슷하다는 생각이 들더라고요. 여기서
주인공이 배구공을 사람 형체로 만들고
윌슨이라 부르며 친구로 여겨요. 같이 어려움을
헤쳐나가고 한편 용기를 주는 존재가 되었으면 해서
윌슨이라고 이름 지었어요.

실험체 고양이는 처음 들어봐요. 조금 더 설명해주실 수 있을까요?

동물권에 관한 이야기가 오가는 현시점에서 동물 실험을
향한 비판적인 시선이 많죠. 비인도적이라는 의견도,
반대로 어떤 부분에서는 피할 수 없다는 의견도 모두
일정 부분은 동감해요. 실험체 고양이가 존재하고, 연구
종료 후에는 오갈 곳이 없어져 연구실 안에서도 곤란함을
겪는다는 사실을 알았을 때 마음이 좋지 않았어요.
길에서 구조된 고양이들은 입양 홍보라도 할 수 있지만,
실험체는 사회적 비난의 우려도 있어 공식적으로 알리기가
어렵기도 하고요.

연구실 안의 작은 철창을 통해 윌슨을 처음 보았어요.
자그마한 철창 안에 새끼 고양이 다섯 마리 정도가

있었는데, 그 안에 화장실과 밥그릇도 다 같이 있었어요.
고양이들끼리 사료를 먹다 말고 배변을 하고, 또다시
먹더라고요. 공간이 비좁다 보니까 다른 고양이 위에다
소변을 보기도 하고요. 연구실에 월슨이 속한 실험의
연구 그룹만 있는 게 아니다 보니 환경이 열악할 수밖에
없었어요. 그 와중에도 새끼 고양이들이 자기들을 보러 온
낯선 사람을 쳐다보기 위해 고개를 위로 드는 모습이
애처롭게 느껴졌어요. 연구원이 철창을 열고 고양이를
꺼내서 보여주려는데 갑자기 월슨이 탈출을 시도했어요.
다른 고양이들은 모두 얌전히 있었는데 말이에요.
그래서인지 월슨이 가장 인상에 남아 입양을 결정했습니다.

아직 어린 고양이인 산쵸 그리고 월슨과 함께하는 일상은
어떠할지 궁금해요.

00:00 자동 급식기에서 나오는 첫 번째 사료 먹기
04:00 수면
04:30 어머니 기상 시간에 맞춰 기상
05:00 자동 급식기에서 나오는 두 번째 사료 먹기
07:00 뛰어놀다가 집사를 꾹꾹이 하여 깨우기
08:00 출근 준비하는 집사 따라다니기
09:00 자동 급식기에서 나오는 세 번째 사료 먹고
　　　 창가에서 일광욕하며 수면
13:00 자동 급식기에서 네 번째 사료가 나오지만
　　　 종종 생략
16:00 퇴근하는 어머니를 마중하기 위해 일어나서
　　　 아까 아껴둔 사료 먹기
18:00 자동 급식기에서 나오는 다섯 번째 사료 먹기
19:00 집사 남매를 반기며 애교-그루밍-따라다니기

20:00 저녁 낮잠
23:00 배고프다고 애옹애옹 하면서 집사 따라다니기
00:00 -일상 반복-

그러다 최근에 일과를 바꿔 보았어요. 총량은 같지만,
요새는 수동으로 오전 6시와 오후 6시에 각각 30g씩
사료를 주고 있어요. 최근 산쵸와 윌슨이 아팠는데
담당 수의사와 상담하며 찾아본 결과 자동 급식기가
그 원인으로 밝혀졌거든요. 제가 나름 구석구석 열심히
청소한다고 했는데도 안쪽에 부패한 사료가 좀 있었나 봐요.

참, 그리고 집사의 일과에서 고양이 화장실 관리도
중요한 부분이랍니다. 매일 오전 7시 반에는 동생이,
오후 11시에는 제가 화장실을 청소해요. 두 마리 모두
예민한 편이라 냄새가 나면 소변도 참을 정도라서
어쩔 수 없이 부지런해졌어요. 우리 집 화장실도 이렇게
자주 청소하지는 않는데 말이죠 😊

그런데 길고양이 밥까지 챙겨주신다니 참 부지런하신 것 같아요.

산쵸와 윌슨에 비하면 길고양이들 돌보는 데에는 그래도
품이 적게 드는 편이에요. 아침 7시 10분에 마당에
있는 길고양이 밥그릇을 닦아 사료를 부어주고, 물도
새로 갈아주어요. 퇴근 후 오후 7시쯤에는 캔을 까서
놓아주고요.

밤에 고양이들 싸우는 소리가 들리면 빗자루를 들고
나가요. 제가 빗자루만 들고 있어도 다들 후다닥 도망가기
때문에 싸움을 멈출 수 있죠. 마당에 밥이 있다 보니 원래

이 영역의 고양이들과 침범하려는 고양이들 사이에서 가끔 다툼이 일어나기도 해요. 요새는 성묘 세 마리와 월령 차가 좀 나는 새끼 고양이 아홉 마리가 주로 있는데, 마당 밥자리가 거의 포화상태라 걱정이 되어요. 다툼이 잦아지진 않을지 또 밥자리가 부족해 누군가 쫓겨나가진 않을지요.

혹시 고양이 관련하여 기억에 남는 일화가 있다면 들려주세요. 집사의 간담을 서늘하게 한 일이 있었다면서요.

어머니가 재활용 쓰레기를 내놓으려고 나가시느라 손이 부족했대요. 그래서 중문을 제대로 못 닫은 채로 현관문을 열었는데 그 사이로 윌슨이 튀어 나갔어요. 때마침 마당에는 밥 먹고 가는 길고양이들이 있었고 윌슨이 겁을 잔뜩 집어먹고는 아예 담 밖으로 나가버린 거예요.

윌슨을 찾아 헤맨 그 한 시간 반이 마치 천년처럼 느껴질 정도로 길었어요. 신발 신는 것도 잊고 밖으로 뛰쳐나가서 찾아 헤맸거든요. 집 뒷담에 있는 정화조 구멍 안에 숨어 있는 걸 겨우 찾아냈어요. 고양이를 잃어버리는 일은 두 번 다시 절대 경험하고 싶지 않습니다.

'산쵸'와 '윌슨'의 집사 한율 님의 팁!

고양이는 아파도 아픈 티를 잘 내지 않는 동물이에요. 집사가 눈치챌 만큼 고양이가 아파 보일 때는 이미 병이나 감염이 꽤 진행된 상태인 경우가 많아요. 그럴수록 치료가 어렵죠.

고양이 홈케어의 기본은 집사의 관심으로부터 시작해요. 고양이를 매일 안아주고 만져주면서 상태를 살피고, 특별히 이상 증상이 있다면 기록해두거나 병원에 전화로라도 빠르게 문의하는 것이 좋아요. 반려동물의 건강을 지키는 최고의 방법은 '집사의 관심'임을 잊지 마세요.

1. 건강을 위해 간식을 주지 않으려고 노력해요.

—

고양이들이 간식을 좋아하고 잘 먹는 모습을 보면 저도 기쁘지만, 산쵸와 윌슨 모두 중성화 이후에 살이 많이 쪄서 병원에서 간식을 끊는 편이 좋겠다고 조언을 받았어요. 고양이는 살이 많이 찌면 자세를 바꿀 수 없게 되고 그럼 몸 구석구석 그루밍하기 어려워지거든요. 또 수컷 고양이는 요로 관련 질병에 걸릴 수도 있다고 해요. 그래서 건강을 위해서 간식을 주지 않고 있습니다.

2. 영양제를 밥처럼 열심히 챙겨서 먹이고,
청결한 환경을 위해 최선을 다해요.

—

이 집에 오기 전까지 건강하지 못한 환경에서 자란 산쵸와 윌슨은 기본적으로
몸이 약해요. 고양이들의 꾸준한 건강 관리를 위해 플루맥스 영양제와
심바이오틱 초유를 먹이고 있는데, 간식을 주지 않다 보니 영양제가 가장
좋아하는 간식이 되었네요. 또 고양이 두 마리 모두 기관지가 약한 편이라
집안 곳곳에 공기청정기를 온종일 틀어둬요. 곧 환절기가 돌아오니까
고양이들이 재채기와 콧물 증상을 보이려고 하네요. 올겨울에는 기관지에
좋다는 '네블라이저'라는 기계를 사서 매일 해주려고 해요. 이 이름은
생소하게 들리시겠지만, 우리가 이비인후과에 가면 진찰받고 나서 코와 입에
대는 기계 있잖아요. 바로 그거에요. 반려동물용으로 따로 나온 것은 없고
아크릴 상자 안에 동물을 넣어 그걸 쏘여주는 식으로 이용합니다.

3. 유심히 관찰하고 잘 기록해두면 병원 진료에 큰 도움이 되어요.

—

산쵸도 윌슨도 워낙 허약한 상태로 만나서 처음에 들어간 병원비가
상당했어요. 아마 산쵸는 약 300만 원 정도, 윌슨은 한 달에 한 번씩
실험실에서 검사받는 것 외에도 개인적으로 100만 원 이상의 병원비를
지출했습니다. 동물 치료에는 의료보험이 적용되지 않으니 한번 아프면
검사와 치료에 상당한 비용이 들어가요. 그러니까 미리 잘 살펴보고, 악화를
막는 것이 집사의 경제 사정을 위해서도 중요하답니다.

　　　주로 관찰해야 할 것은 먹고 나서 토하지는 않는지와 토하고 나서
활기를 띠는지 여부입니다. 그리고 만일 토한다면 어떤 색깔인지 사진을
찍어두는 게 좋아요. 기호성을 떠나서 사료 자체에 알레르기 반응을 보이는
일도 있으니 참고하세요. 또 평소와 다른 형태의 변을 보거나, 콧물이나 침을
흘리지는 않는지, 부분 탈모나 피부질환은 없는지 수시로 확인해주세요.
고양이가 아파서 바로 병원에 간다고 해도 아무런 자료 없이 가면 곤란함을
겪으실 거예요. 수의사 선생님이 고양이의 상태를 눈으로, 촉진으로 확인하는
동시에 집사에게 평소 상태와는 어떻게 다른지 질문하거든요. 여기에
대답하기 참 어렵다는 것을 저 스스로 느꼈어요. 메모도 좋고 사진이나
영상이면 더 좋아요. 그 자료를 바탕으로 혈액검사든 방사선 촬영이든
어떤 추가 검사를 더 해볼지도 결정할 수 있어요.

고양이 옆 집사 옆 사람

고양이를

하나도 모르던 자의

슈퍼 집사
진화기

토모캣

고양이를 키우고 싶은데 현재 여건을 갖출 수 없다면? 흔히들 이야기하는 랜선 집사의 길로 들어서지요. SNS에서 '#냥스타그램'을 찾아보고 유튜브에서 사랑스러운 고양이 동영상을 봅니다. 그렇게 온라인으로 먼저 집사에 입문합니다.

'만두, 쿠로, 시로'의 집사 토모캣 님은 10년 전부터 고양이를 검색하며 남몰래 사랑을 키운 랜선 집사의 원조 격입니다. 10년의 세월이 흘러 그는 단순히 고양이 이미지를 좋아하던 사람에서 이제는 진짜 고양이의 만렙 집사가 되었습니다.

자기소개를 부탁합니다.

어느덧 10년 차에 접어든 고양이 집사이자
일러스트레이터 토모라고 합니다. 다른 일러스트
작업도 하지만, 제가 반려하는 고양이 세 마리를
모티브로 한 캐릭터 작업도 즐겨 해요. 이때는
'토모캣(TOMOCAT)'이라는 이름을 사용합니다.
또 '그알'이라 불리는 '그것이 알고 싶다'를 즐겨보고,
사진 찍는 것을 좋아해요.

지금까지 인생에서 가장 잘한 일을 꼽자면, 가장 처음
냥줍한 나나와 임시 보호했던 미키에게 평생의 가족을
찾아준 것이에요. 냥줍이란 유기묘로 추정되는 고양이가
길에서 사람을 순순히 따라와 함께 지내게 되는 경우를
뜻해요.

요새도 위기에 빠진 길고양이들을 보면 제가 어느새
구조하고 있더라고요. 얼마 전에는 주택가에서 어미를
잃은 것으로 보이는 새끼 고양이 여섯 마리를 구조했어요.
마음 따뜻한 주변 집사늘이 다섯 마리를 임시 보호해주고
계시고, 저는 그중 턱시도를 멋지게 입은 '탄이'를 맡고
있어요.

참, 턱시도는 진짜 옷을 입은 게 아니라 고양이 무늬를
일컫는 표현이에요. 흰 바탕에 마치 턱시도를 입은 것처럼
검은 털이 뒤덮인 모양을 턱시도라고 불러요. 탄이는
발 부분이 하얀색인데 그건 또 양말 신었다고 칭하고요.
어디서 용어를 딱 정해준 것은 아니고 집사나 캣맘들이
그렇게 부르다 보니 대충 정착한 것 같아요. 만나는 아이

하나하나 이름을 붙여주기엔 어려우니까 그런 것 같기도 하고요. 모두 다 나비나 야옹이로 부를 수는 없으니까요.

집사들 사이에서 통용되는 표현이 꽤 많은 것 같아요.

맞아요, 제가 집안에서 반려하는 고양이들 외에도 작업실 화단에 찾아오는 길고양이들에게 밥을 주고 있는데요. 자주 오던 턱시도와 치즈는 요즘 잘 안 보이고 젖소와 탄이 정도의 조금 큰 냥린이 둘이 주로 밥을 먹고 가더라고요.

치즈는 노란 혹은 누런 빛이 도는 고양이이고, 젖소는 마치 젖소처럼 검정털이 군데군데 퍼져 있는 모양을 뜻해요. '냥린이'는 고양이와 어린이의 합성어인데 아기 티를 벗으면 그렇게 불러요. 그다음 단계는 '캣초딩'이라고 하는 사람들도 있고요. 갓 태어나 귀도 서지 않은 아기 고양이는 '아깽이'라고 한답니다.

함께 사는 고양이를 소개해주세요. (ↂ)

'쿠로, 시로, 만두' 그리고 임시 보호 중인 탄이까지 네 마리와 지내고 있어요. 먼저 쿠로는 저의 첫 번째 반려묘이자 시로와는 친자매 사이에요. 쿠로와 시로는 털이 긴 하얀색 페르시안 고양이와 멋진 줄무늬 털을 가진 아메리칸숏헤어 사이에서 태어났어요. 직장 동료가 반려하던 고양이 둘이 사랑에 빠져서 낳은 아이들이지요. 쿠로와 시로를 입양하던 당시 제가 일본 애니메이션과 만화에 심취해 있어서 이름을 일본어로 짓게 되었어요. 얼마 전에 아이들이 10살이 된 기념으로 순 한글 이름으로 개명할까 고민하고 있어요.

14살이 된 우리 집의 최고 어르신 고양이
만두는 평소에 만두언니라고 불려요.
가족으로 올 때부터 나이가 많았기에 만두란
이름에 언니를 붙여서 부르게 되었죠. 귀가
접힌 스코티쉬폴드 회색 줄무늬 고양이랍니다.
가장 막내인 탄이는 앞서 이야기했듯 멋진 턱시도
무늬가 있는 코리안숏헤어에요. 제가 구조한 이후에
갔던 임시 보호처에서 탄이라는 이름을 지어주었어요.
탄이가 몸이 아파서 제가 다시 데려오게 되었고 이제
함께 산 지 4개월 남짓 된 새끼 고양이입니다.

어떤 계기로 고양이를 반려하게 되었나요?

제가 처음으로 고양이를 입양한 때가 2008년도에요.
당시에는 고양이를 반려하는 것이 지금처럼 흔하지 않은
일이었어요. 그때만 해도 길고양이라는 단어조차 없었고
도둑고양이라고 부르던 때였으니까요.

한 TV 프로그램에서
어떤 연예인이 고양이를
반려하는 모습을 우연히
봤는데, 그때 알 수 없는
감정이 생겨났던 것
같아요. 인터넷으로
고양이 사진을 찾아보기
시작했고, 점점 더
고양이라는 생물체에

빠져들게 되었어요. 앗, 저는 그때부터 이미 일명 랜선 집사였네요.

그러다가 하루는 회사 구내식당에서 점심을 먹고 있는데 한 동료가 솔깃한 이야기를 하는 거예요. 키우는 고양이가 얼마 전에 새끼를 다섯 낳았다면서 분양을 보내야 하는데 어떻게 해야 할지 고민이라고요. 그때만 해도 입양이란 단어는 쓰지도 않았고 분양이라고 했어요. 제가 슬쩍 관심을 보이니까 그럼 한 마리 키워보지 않겠냐고 하더군요. 그 말을 덥석 물었죠! 이렇게 고양이와의 인연이 시작되었답니다.

상대적으로 나이가 많은 고양이들과 함께하는 일상은 어떠할지 궁금해요.

세 마리 모두 나이가 많은 편이다 보니 평소 생활도 좀 차분하고 정적이에요. 같이 오래 살았더니 생활 방식도 저와 비슷해져서 밤에 잘 때 같이 자고, 아침에 일어나서는 캔 먹고 물 마시고 화장실 갔다가, 창문으로 바깥 구경도 하고 작업실로 출근하는 집사를 배웅합니다. 제가 퇴근하면 챙겨주는 간식을 먹고, 장난감으로 같이 잠깐 놀고, 잠시 쉬었다가 다시 잠자리에 들어요. 아마 제가 없는 동안에 거의 잠을 자는 것 같아요. 결국 대부분 시간을 잠으로 보내네요.

하지만 잠을 많이 잔다고 해서 고유의 성격이 드러나지 않는 건 아니에요. 잠시이긴 하지만, 깨어있을 때 각기 다른 모습을 보여줘요. 쿠로는 한마디로 정의하면 '츤데레'예요. 겉으로는 무심한 척하지만 알고 보면 따뜻한 마음을 가진 고양이죠. 사람이 먼저 다가오는 것을 싫어하고 자기가 원할 때만 다가가는 도도함이 매력이에요. 간식도 먹고 싶은 기분이 들거나 먹는 장소가 마음에 들어야만 먹는 까탈쟁이죠. 하지만 집에 손님이 오면 가장 반기는 접대묘가 또 쿠로예요. 보통 고양이들은 낯선 사람이 나타나면 숨어버리거든요.

시로는 도도한 외모와는 다르게 애교쟁이예요. 또 질투쟁이지만 세상 착한 고양이이기도 해요. 집사가 다른 고양이를 예뻐하면 질투가 나서 어떻게든 그사이를 비집고 들어와요. 자기도 예뻐해 달라고요. 하지만 새끼 고양이는 엄마처럼 너그럽게 품어주기도 해요. 시로는 뱃살 만지는 것을 싫어하는데 새끼 고양이가 만지면 다 받아주고, 가끔 과하게 뽀뽀도 해줘요. 다정하죠.

만두언니는 은둔형 외톨이 유형의 고양이에요. 밥 먹을 때, 캔 먹을 때, 간식 먹을 때, 앗! 다 먹을 때네요 😊 그때 외에는 숨숨집에서 혼자만의 시간을 즐겨요. 숨숨집은 고양이가 숨어서 쉴 수 있게 만든 모양의 집을 뜻해요. 그래도 잘 때만큼은 꼭 집사의 이불 속으로 들어와 마성의 꾹꾹이를 해주지요. 또 만두언니는 뭐든지 잘 그리고 많이 먹는 고양이지만 신기하게도 날렵한 몸매를 가지고 있어요.

혹시 고양이 관련하여 기억에 남는 일화가 있다면 들려주세요.

쿠로를 반려한 지 며칠 되지 않았을 때의 일이에요. 저도 초보 집사였고 쿠로도 아기였을 때죠. 출근하느라 집에 혼자 두고 나가는 것이 마음에 걸려 최대한 제시간에

퇴근하곤 했어요. 하루는 집에 돌아왔는데 쿠로가
안 보이는 거예요. 이름을 몇 번이고 불러도 반응이
없었어요. 창문도 다 닫혀있고 화장실 문도 닫아두어
사라질 곳이 없었는데 아무리 찾아도 안 보이니까
갑자기 너무 불안해졌어요. 두려우니까 심장이 막 빨리
뛰고 눈물도 났죠. 다시 한번 마음을 가다듬고 이곳저곳
뒤지다가 침대 위에 던져둔 쇼핑백 안을 혹시나 하고
들여다봤어요. 그곳에 푹 자고 막 일어난 아기 쿠로가
있었어요. 조금 전까지도 울고 있었는데, 하품하면서
기지개 켜는 쿠로를 보니까 금방 웃게 되더라고요. 저를
울리고 웃긴 고양이에요.

고양이 옆 집사 옆 사람에게 한 마디-

쿠로를 처음 만났을 때, 쿠로에게는 조금 미안하지만
첫인상은 참 못생겼다고 생각했어요. 사실 제가
상상했던 새끼 고양이는 작고 하얀 몸에 커다란
눈망울이 예쁜 그런 고양이였는데, 어디서 까맣고 털도
부슬부슬한 못난이가 왔더라고요. 하지만 실망도
잠시뿐이었어요. 하는 짓이 너무 귀여워서
곧 그 매력에 푹 빠져버렸죠.

이제 집사 10년 차에
접어들었는데도 해가
갈수록 고양이의 매력에
새삼 놀라요. 고양이는
정말이지 무한의 매력을
지닌 신비한 생물체 같아요.
대체 왜 저러는 걸까 싶을 만큼

인간으로서는 이유를 알 수 없는 행동들, 저게 어떻게 가능할까 싶은 자세들, 간식 앞에서는 세상 귀여운 표정이었다가 약 먹을 땐 살기등등한 눈빛으로 변하는 천의 얼굴, 부르면 절대 오지 않고 자기가 다가오고 싶을 때만 오는 밀당의 매력 등등 일일이 다 언급하기 어려울 정도로 다양한 매력을 가진 존재가 바로 고양이입니다.

세 마리의 집사 토모캣 님의 팁! 😺

1. 구조의 단계①
어미가 잠시 자리를 비운 것인지, 어미로부터 버려진 것인지 자세히 보자.

—

새끼 고양이의 울음소리를 들으면 새끼가 어미를 잃고 울고 있다, 불쌍하다, 내가 키워야겠다 등의 생각이 쉬이 들 수 있습니다. 발견하자마자 새끼 고양이를 섣불리 집으로 데려오면 안 돼요. 오히려 어미의 돌봄으로 행복하고 건강하게 잘 크고 있던 새끼 고양이를 어미와 강제로 생이별시키는 것일 수도 있으니까요. 구조하기 전에 충분한 시간을 두고 관찰해야 해요. 어미가 먹이를 구해오려고 잠깐 자리를 비운 것인지 아니면 정말로 어미로부터 버려진 것인지 파악하려면요.

2. 구조의 단계②
주변에 위협 요소는 없는지 살펴보자.

—

생각보다 길고양이를 혐오하는 사람들이 많으므로 학대하려는 기미를 보이는 사람을 발견하거나, 새끼 고양이가 있는 곳이 도로 주변이라 로드킬의 위험에 노출되어 있다면 바로 구해주세요. 단, 이때도 앞선 유의사항을 떠올리면서 어미가 가까운 곳에 있을지도 모르니 조심스럽게 접근해야 해요. 사람 손을 탄 새끼는 어미가 다시 거두지 않는 일도 많아서 함부로 만지는 것은 금물이에요.

위기의 새끼 고양이, 입양 잘 보내기 대작전
고양이를 구조하여 입양 보내기까지, 다년간의 경험으로 다져진
실용적인 조언을 이야기합니다.

3. 기본적 상태 확인
새끼 고양이를 거뒀다면, 건강을 확인해보자.
—

만일 새끼 고양이를 구조했다면 기본 검진과 예방 접종을 위해 즉시
동물병원으로 가는 것을 추천합니다. 어미 젖도 떼지 못해서 인공 수유가
필요할 정도로 어린 고양이라면 새끼 고양이용 젖병, 분유, 유산균 등을
준비해야 하고 배변을 돕는 복부 마사지도 충분히 해줘야 해요. 신생아와
비슷하게 2시간마다 수유해야 하고, 보온에 신경 써야 하고요. 새끼 고양이가
접시에 담긴 우유를 알아서 할짝할짝 마시는 장면을 떠올렸다면 현실과는
거리가 먼 이야기에요. 고양이는 엄마 젖을 꾹꾹 누르면서 젖을 빠는 본능이
있는데 젖병을 쥔 사람 손도 그 습성대로 똑같이 꾹꾹 눌러요. 누르기만
하는 게 아니라 아직 가느다래서 더욱 날카로운 발톱으로 사람 손에 엄청난
상처를 내죠. 아프지만 어쩔 수가 없어요.

4. 임시 보호처 찾기
입양 가기 전까지 잘 돌봐줄 임시 집사를 기다려요.

—

저는 이미 세 마리의 고양이를 반려하고 있어 구조한 모든 고양이를 입양 가기 전까지 돌보기란 쉽지 않아요. 그래서 주변에 마음 따뜻한 집사들을 수소문하여 입양 전까지만 임시 보호해달라고 도움을 요청하곤 합니다. 세상이 워낙 흉흉해서 아무에게나 임시 보호를 맡길 수는 없거든요. 잠시나마 보살피는 동안 본인의 반려묘라는 마음가짐으로 집사의 도리를 다하는 분들께 부탁을 드리고 있어요. 생명의 소중함을 잘 아는 분들이라 굉장히 감사해요.

5. 적극적인 입양 홍보
평생을 함께할 집사를 본격적으로 찾아요.

—

새끼 고양이의 가장 사랑스러운 시기를 열심히 기록해두려고 해요. 사진과 영상으로 다양한 모습을 잘 담고 이를 입양 홍보 콘텐츠로 제작하여 블로그, 인스타그램 등의 SNS에 올립니다. 집사라면 가족으로 맞이할 반려동물이 어떻게 태어났고 어떤 삶을 살아왔는지 알고 싶을 테니 그 마음을 헤아려 정성껏 작성하고 있어요. 또 제 직업이 일러스트레이터이니 재능을 살려 아트 작업을 하기도 해요. 보는 사람들이 좀 더 친숙하고도 특별하게 느낄 수 있었으면 하는 바람을 담아서요.

6. 안전한 입양을 위한 확인
입양 희망자가 나타나면 이것만은 확인하세요.

—

입양을 희망하는 집사가 나타나면 현재 주거 환경, 반려동물의 수,
미래 계획 등 몇 가지를 질문하고 무엇보다도 책임감을 느끼고 끝까지
고양이를 가족으로 받아들일 수 있는 사람인지를 확인합니다. 소중한 생명이
좋은 인연을 만나 남은 생은 행복했으면 좋겠다는 마음으로 최대한 꼼꼼하게
챙기려고 해요.

주거 환경	고양이가 안전하게 생활할 수 있는 환경인지 확인합니다. 예를 들어, 마당이나 베란다가 있는 등 고양이가 외출할 수 있는 환경은 잃어버릴 염려가 있어 어렵습니다.
반려동물 유무 및 반려 경험	반려동물이 있다면 앞으로 입양할 고양이와 잘 어울릴 수 있을지 또는 과거 반려 경험이 있다면 현재 그들은 어떻게 되었는지 등을 자세히 파악합니다.
입양 조건	결혼 예정이거나 출산 예정인 가정, 군인, 미성년자(단, 부모님과 가족 모두 허락한 경우 또는 경제적인 부분이 해결되는 경우는 제외), 장기여행을 자주 다니는 분 등은 적합하지 않아 입양 신청을 받지 않습니다.
필수조건	- 입양 계약서 작성 - 입양 후 꼭 중성화 수술해 주기 - 아플 때 꼭 병원 데리고 가기 - 한 달 정도는 고양이의 근황 알려주기 (SNS나 문자 등으로 사진 및 영상 보내주기) - 피치 못해 파양해야 하는 상황이라면 반드시 연락하기
주의사항	입양자의 카페, SNS, 블로그 등의 활동을 꼭 확인합니다. 간혹 반복적 학대, 교배 및 판매, 반려하는 대형 파충류의 먹이 용도 등 나쁜 마음을 먹고 입양할 수도 있으니 꼼꼼히 살펴봐야 합니다. 되도록 입양처를 직접 방문하여 앞으로 고양이가 살 환경을 확인하면 좋습니다.

고양이 옆 집사 옆 사람

2018년 10월 18일 초판 1쇄 발행

기획: 권효진
참여: 강상진, 고경표, 권오준, 김봉상, 김선오,
김진영, 남용호, 남혜연, 오석근, 이정윤, 임경민,
임광휘, 조병현, 조순옥, 토모캣, 한율
편집: 장유진
그림: 링링
디자인: 백승미

발행: 박경린
발행처: 케이스스터디
문의: casestudy.kr@gmail.com

ISBN: 979-11-964749-5-9 03810
가격: 15,000원